忍
しのぶがわ
川

〔日〕三浦哲郎 ———— 著
みうらてつお

谭晶华　谭一珂 ———— 译

人民文学出版社
PEOPLE'S LITERATURE PUBLISHING HOUSE

著作权合同登记号　图字 01-2021-7202

"SHINOBUKAWA" by Tetsuo Miura
Copyright © Tetsuo Miura 1965
All Rights Reserved.
Original Japanese edition published by Shinchosha Publishing Co., Ltd.
This Simplified Chinese Language Edition is published by arrangement
with Shinchosha Publishing Co., Ltd.
Through East West Culture & Media Co., Ltd., Tokyo.

图书在版编目(CIP)数据

忍川/(日)三浦哲郎著;谭晶华,谭一珂译.—北京:人民文学出版社,2022
ISBN 978-7-02-015135-6

Ⅰ.①忍… Ⅱ.①三…②谭…③谭… Ⅲ.①自传体小说—日本—现代 Ⅳ.①I313.45

中国版本图书馆 CIP 数据核字(2019)第 058942 号

责任编辑　陈　旻
装帧设计　刘　远
责任印制　任　祎

出版发行　人民文学出版社
社　　址　北京市朝内大街 166 号
邮政编码　100705

印　　刷　河北鹏润印刷有限公司
经　　销　全国新华书店等

字　　数　152 千字
开　　本　787 毫米×1092 毫米　1/32
印　　张　9.5　插页 3
版　　次　2022 年 1 月北京第 1 版
印　　次　2022 年 1 第 1 次印刷

书　　号　978-7-02-015135-6
定　　价　42.00 元

如有印装质量问题,请与本社图书销售中心调换。电话:010-65233595

目 录

忍川 — 001

初夜 — 049

回乡 — 075

团圆 — 118

羞耻谱 — 164

幻灯画册 — 193

驴子 — 223

忍　川

我带着志乃去深川,那时我们才相识不久。

深川是志乃出生的地方,她在那里生活到十二岁,是个地道的"深川人"。去年春天,刚从东北偏远乡村来到东京的我要带着志乃去深川,说来真有点奇妙。然而志乃自战争结束前一年的夏天疏散到枥木后至今,再也没回去看过被战火烧得面目全非的深川,与此相反,从乡下初来乍到的我一个月却有两三次,多的时候每周日都会到深川走一走,除了每天往返学校的必经之路外,深川应是东京都内我最熟悉的街道了。

途经深川从锦丝堀开往东京站的电车到洲崎运河处呈直角大拐弯,我们俩在深川东阳公园站前下车,志乃仿佛要好好闻一闻这里的空气似的挺直身子,环顾周围的街道。那是七月间一个晴朗、炎热的日子。临时搭建的低矮平房鳞次栉比,在白蒙蒙的尘埃和烈日的覆盖下,如游丝隐隐漂浮。

"啊,真是全变样了!像是到了个完全陌生的地方。还有印象的大概只有那所学校了。"

志乃不甚有把握地说,她指着马路对面烈日照射下的焦黑的混凝土三层楼建筑让我看。志乃曾在那个学校读了五年书。

"没关系,我们向前走走,慢慢你就会认出来的。这儿毕竟是你生长的地方啊!"

听我这么一说,志乃笑了。

"也是啊。不管怎么说,至少路是不会变的。"接着,她又将目光转向被焚毁的学校,"不过,虽说我听说哪儿都被焚毁了,可是怎么也无法想象这所学校会被烧成这样,真难相信混凝土的建筑会这样熊熊燃烧付之一炬。可是刚才一看就明白了,哎呀,的确是完全烧毁了。都是那些窗户的罪过。混凝土建筑被烧毁,原来就是所有的窗户被烧焦了啊。"

仿佛有了意外的发现似的,她细长的眼梢微微上扬,眨着眼睛,眺望着蜂巢般挤作一堆的一扇扇烧得变形的焦黑的窗户。看着志乃的模样,我不禁笑了。

"这样逐一观看琢磨的话,再多的时间也不够哦。"

志乃不好意思地缩缩脖子说：

"那就请你带路吧。哪里近一点呢？"

"我想去木场。"

"我想去洲崎。"

运河对面的街道就是洲崎，于是决定从木场看起。我和志乃横穿过热浪滚滚的电车道，顺着志乃母校建筑底部投射在路边的细长狭窄的阴影处，向木场的蓄水池方向走去。

志乃曾经说过，想到一去不归的哥哥最后与我见面的地方去瞧瞧，同时顺便也能让我看看她出生和成长的地方。

木场是个木头和运河构成的城镇。无论何时都刮着强劲的大风，在漂浮着木筏的蓄水池水面上掀起阵阵涟漪。风中捎来了原木清香和水沟的气味，眼睛看不到的木屑粉尘也随风飞扬，犹如篝火冒起的轻烟渗入陌生人的眼帘。在木场街头眼泪汪汪的行走者，必定是外乡人。

我第一次跟随哥哥来到木场的时候也流泪了，还被哥哥取笑了一番。能和哥哥并肩行走，心中无比喜悦，然而眼睛里还是噙满泪水，说起来都是那风惹的祸。去年春天，时隔三年来到东京，首次漫步木场时，哥哥已是一别不再归还的人了。我心中的一团怒火在熊熊地燃烧,却不时变得泪眼迷蒙,准保也是因为那风在作祟吧。我的眼睛最终还是无法适应这木场的风,抑或是木场的固定路线上木屑粉尘的浓度太高的缘故,我早已对适应这里的大风断念了。

可是,这一天的木场的情况不同以往,街上的一切显得异常冷漠。无论是堆积的原木还是蓄水池都带着一种刺眼的光芒抗拒着我的视线,锯木头的噪声听上去格外刺耳。常来深川的我结识了木场旁烟草铺的老太太、荞麦面店送外卖的伙计、木材加工厂的门卫及货车司机们。刚失去哥哥的时候,为了了解任何有关哥哥生死的线索,我拿着哥哥留下的记事本到处打听,当时他们都把我当成刑警,后来搞明白后不由破颜一笑。可今天不知什么缘故,那些好心人用诧异的眼神盯着我和志乃,然后生气地转过脸去,或者发出怪声离开。甚至连这里的风都在故意避开我,我的眼睛始终是干涩的。

看来,这木场与心满意足时刻的我是无缘的!

我和志乃肩并肩站在木场尽头的蓄水池边。风迎面吹来,吹散了映在水面上的阳光,银花朵朵,水面一闪一闪地颤动。远处,漂浮着两三只木筏,再往前就是一个白灿灿的开阔的垃圾场,不明所以的机器声昆虫振翅般地从那里传来。

"这里就到头了。嗨,木场就是这么个地方。其实没什么可看的。"

我朝水面啐了一口。

"好舒服的风啊,总算又回到深川了。"

酷热难当,志乃领着我在这条无缘的街上东拐西弯,她那被风吹乱的头发粘在汗湿的额头和脸颊上,天真烂漫地任凭风儿吹拂她的小脸。

"回去吧,没啥意思。"

我真后悔带志乃到这儿来。听我这么一说,志乃不以为然地摇摇头。

"不是特意来这儿的吗?再待一会儿吧。"

她双手环抱前胸,蹲了下来,嘟囔着问:

"是这里吗?"

"嗯。"我回答。

这儿就是我最后一次见到哥哥的地方。哥哥在高等工业学校学过应用化学,战时,在海军省的火药研究所制造鱼雷。战后,不知他怎么想的,进了这个有着蓄水池的木材公司。要来他名片,上面的头衔一下子成了专务董事。哥哥在这个公司待了五年。第四年时,我从东北乡下的高中毕业来到东京,由哥哥资助进了大学。我是六个兄弟姐妹中最小的,故乡的父亲已经老衰。不过,我似乎并未成为他的什么负担。需要花钱的时候,我就去哥哥的公司问他要,而他每次都很爽快,还请我吃"柳川锅"等美食。过了一年,即三年前的初春,我去找好久未见的哥哥。空荡荡的办公室里一位老人正守着火盆烤火,他告诉我专务不在,可能是在蓄水池那边吧。我穿过静谧的工厂,来到蓄水池边。虽说已是早春,可带着冬天余威的料峭寒风不时在清澈见底的水面上带起阵阵涟漪。哥哥独自一人拿着消防钩,也不像是在使用,只是忙碌地从这一张木筏跳到那一张木筏。他脱去了外套,鲜艳的衬衣有些刺眼。到底怎么了,我不禁吓了一跳,不由得大声叫起哥哥的名字。哥哥用危险的姿势站定,随后慢慢地开始向靠近岸边的木筏移动。我沿着混凝土蓄水池的边缘朝那张木筏跑去,我们隔水相望,中间还相隔十几米之远。哥哥摇摇晃晃地站在木筏的边沿,大声地问我有什么事。我也高声地回答,没什么别的,照例来要些钱花。哥哥用力点点头说,存折和印章都在办公桌的抽屉里,需要多少尽管去取,今天还有别的事要办,改天再会吧。我们默默地对视了一阵。哥哥背对着夕阳,身材比平时显得高大,深陷的眼窝周围形成一圈黑晕,活像一个骷髅。临别时,我向哥哥道谢,他突然变换了脸上的表情嘱咐我说:"钱别乱花!"说着高高举起了消防钩。

那次就是哥哥和我的诀别。

此后,三年过去了。如今更换了主人的蓄水池又呈现在我和志乃的面前。

"那以后你就再也没见过哥哥吗?"

"是的,没见过。"

"那之后,你哥哥……"

"死了。"

我脱口而出。从小我便习惯说这个词。姐姐呢?死了。哥哥呢?死了。我觉得这是个好词。死了。言简意赅,一语了之。再也没什么可说的,也无须再说些什么。

"嗨,走吧!就这么个水池子,要看到什么时候啊。"

我催促志乃正要离开,却见她还是蹲在那儿,低头对着水面轻轻地合掌祈祷,绉绸衣领处露出的纤细、雪白的后颈项映入我的眼帘。我的脚步声好像敲响的云板,清脆地回响在水面上。

随后，我们去了洲崎。

洲崎是我在深川唯一未曾涉足的地方，因为哥哥从来没带我去过那里。有一次，哥哥公司的社长一家因房子被烧毁临时居住在志乃母校的教室，我去探望在那儿寄居的哥哥，和他一起从屋顶平台上远远眺望过洲崎的街道。

那是个奇特的街区。狭窄的巷子两旁挤满色彩刺目的低矮平房，家家户户房顶和窗户都随风飘动着红白两色的布条，那情景激发起我这个乡下人的好奇心。

"真想去那条街看看。"我的话刚出口，就遭到哥哥"傻蛋"的呵斥，而且他的脸还涨得通红。

原来洲崎是个花街柳巷。

来到电车路上，志乃遥远的记忆顿时苏醒了。她在路边发现一家从前有名的豆沙年糕汤店的布帘。

"啊，想起来了。这就好了！"

志乃双手合在胸前，抢在我前头拐进了一条巷子。爬上缓坡就到了运河边，河上架着一座宽阔的石桥。过了桥就是洲崎。

桥的这一头有一个不知卖什么东西的摊铺，透过摊边悬挂的苇帘，只见里面一个身穿敞领连衣裙、面容憔悴的中年妇女正精疲力竭地倚在长椅上眯着眼朝路上观望。

"这就是洲崎桥。"

志乃怀念地用手掌拍着被烈焰燎烤过的黑糊糊的石桥栏杆,随后,很稀罕地仰视横在桥对面天空中的高高的拱门,上边用电灯泡做围饰,中间有几个大字,大概到夜晚就会变成霓虹灯的吧。

"洲·崎·乐·园。"志乃轻声念道,"什么乐园,不知怎的,我实在觉得讨厌!"

志乃涨红了脸,默不作声地走开了。

她大步流星地走过桥去。我站在那里不由觉得心跳在加速。

我过去不是没有逛过烟花巷。不仅如此,还经常会带着醉意邀请朋友混入那些场所,以满足自己那廉价的放荡之情。只是我做梦也不曾想到在大白天里,会和自己心仪的姑娘一起打着白色的遮阳伞走在这条街上。

过了桥在第一个巷子左转,冷不防地,那条街出现了。烈日下整条街萎靡不振,黯然失色,活像一个病人。在这覆盖着夜晚尘埃的宁静的巷子里,只听得见我们俩响亮的脚步声。

过了几条巷子,志乃突然在街角处停住脚步,那儿

麇集着许多妓馆。她迅速地转过身来对着我,指向丁字路口角落上一家有点肮脏的妓院说:

"这就是我出生的地方。"

她的语音清脆悦耳。脸上溢出羞涩的神情,可是声音中却没有半点儿卑微的感觉。

"我的母亲在这里经营一家打靶店,我就是花街柳巷打靶店的女儿。"

志乃微笑地注视着我,脸上充溢着某种力量。转眼间这力量将她前额渗出的汗水结成水珠,从脸上滴落,同时又像波涛一般有节奏地涌上我的心头。我急忙激动地用走调的声音说道:"行了,行了,打住吧。"

这时,志乃撑着的伞开始颤抖起来。在胭脂红的腰带前,紧握着伞柄的手显得格外白皙。志乃用责难的目光盯着我坚定地说:

"为了不要忘却,请你好好看看吧。"

我放眼看去,到处斑斑剥落的粉红色墙壁,裂开的混凝土地面上突兀站立着外贴瓷砖的圆柱,圆柱顶端孤零零地骑着一个别扭的西式露台,悬在巷子半空中的老旧的霓虹灯恰似蜘蛛巢穴般地缠绕着……夜幕降临后,那一扇扇窗户中色彩妖艳的诱蛾灯会亮起来,而在大白天,这儿寂静无声,仿佛全是些无人居住的空房子。要在这些令人不可思议的"女人之家"中找到志乃故居的影子确实是徒劳的。

志乃的遮阳伞上响起雨点滴落又弹开的声音。我抬头望去,二楼各家挤挨着的窗口不知何时站满了袒胸露臂的女人,她们不约而同地托着腮帮子趴在窗边晾晒的被子上,瞪着浮肿的眼睛默不吱声地俯视着我和志乃。不知是谁将嘴里嚼的口香糖对准志乃的伞吐了下来。见到命中了目标,她们轻佻地嗤笑起来。

志乃垂着头默默地走着。朝巷子深处走了一会儿,突然回过头来问道:

"吓了一跳吧?"

"嗯。"

"真对不起。"好像是自己的过错似的,志乃抱歉地说,"我不是想说那些人的不是,但是从前的妓女可不是这样的。要说那时的职业妓女与现在的真有天壤之别。现在这些人像是闹着玩似的,看了真叫人替她们担心啊。也许是时代变了吧,这种不伦不类的妓女实在让人讨厌。要是让爸爸看到了,他一定会丧气的。"

"你父亲是个怎么样的人啊?"

"爸爸吗?"志乃歪着头笑了,"爸爸是个懒懒散散的人。现在病体虚弱游手好闲,倒也怪可怜的。怎么说呢,过去的事情我也不大清楚。听说年轻的时候,原本是染坊的长子,半吊子的没读好书,因此被枥木的本家赶出家门,断绝了关系。从此变得心灰意冷自暴自弃,书也不再念了,整日与酒为伴。然而,每逢弁天女神祭礼那天,他一准穿起罗纱的和服外褂,被花街上的人称为'神箭先生'。所谓'神箭'的命中之箭自然是妈妈经营的打靶店的名字。不过,爸爸也确实常常照顾着那些落魄潦倒的妓女,成为她们有事商议的对象。利根楼有个疼爱我的妓女叫阿仲姐,因为肺病而无法接客做生意,但距年限还相差甚远。她常常来找爸爸商量,不久终因走投无路,在不动明王的庙会那天,吃下掺入毒药的石花菜凉粉自杀了。利根楼那些人在这条花街最不讲情义,居然推说害怕,谁也不来为她料理后事,因此,爸爸一手包揽了所有的善后。记得有一天傍晚,爸爸把阿仲姐的灵柩从后门装上车,他在前面拉,我在后面推。经过仲之町街时,正用长柄勺子从消防用的大桶里舀水朝路上洒水的掌柜们也一个个过来随车同行,一直送到洲崎大门口。小时候,这样的事我可没少干呐。"

沿着仲之町,我和志乃朝着远处的大门口走去。

那条街很宽敞,还有人行道,道路两旁排列着店面明亮的普通商店。我们对视着,不约而同地笑了起来。

"真是走了不少路呐。"

"哎,这样我心里舒坦多了。把我待过的地方全部给你看了,所有的,毫无保留。感觉真痛快!"

志乃仰起脸,闭上眼睛走了两三步,突然站停抓住我的手臂。又是在洲崎的桥堍。

"我说,现在去浅草吧?"

"浅草?要回枥木吧……"开往枥木的电车从浅草始发。

"不是,去玩啊。看了洲崎,突然特别想去浅草。爸爸喜欢浅草,常常带我去看电影、在花园骑木马,回家时一定会拐到神谷酒吧去,他让我喝葡萄酒,自己喝四十五度的特色白兰地。"

"不过,难得的休息日,回枥木去不好吗?"

志乃的父亲、弟妹们都在枥木。

"也是……但是,正因为是难得有的休息日,所以才想做平时不能做的事啊。我还是想去浅草。"

想到志乃平时的生活和当天的心情,我表态说,那就去志乃喜欢的地方吧。

"太好了!"

志乃猛然摇晃起我的胳膊,马上又慌张地松开了手。

"可神谷酒吧现在还在吗?"

"嗯,我想还在的。上次回栃木的时候,我好像偶然瞥见过。我们先去看电影,再去神谷酒吧。我喝葡萄酒,你喝特色白兰地,请你为我今天的功劳好好干上一杯。"

"这么说,我是爸爸,你就是我的女儿啰?"

"是我说错了,对不起。"

志乃急忙点头鞠躬,把遮阳伞搭在肩上,一溜小跑地越过了洲崎大门的石桥。

我和志乃是在那年春天于东京山手线国铁车站附近的忍川饭馆相识的。我是东京西北一所私立大学的学生,宿舍就在忍川饭馆附近。三月里的一天深夜,我混在宿舍的毕业生送别会的学生中,首次光顾了这家饭馆。

志乃是忍川饭馆的女招待。

忍川正面朝着东京的都电大道,虽为饭馆,却没有堂皇的门厅和庭院花木。楼下有炸猪排、食客喜爱的小菜供应以及吧台座位,店堂一角还有香烟小卖部,说起来真是一家比小酒馆强不了多少的小饭馆,所以很少看到开着私家车前来用餐的客人。熟客不外乎是那些就近从国营电车站去本乡附近上班的学校教师、公司职员及当地的退休商人,偶尔也会有些身穿蓝色西服,冲着女侍者们而来的鱼店、肉铺的年轻小伙。即便如此,在郊区这一带也算是个颇有名声的字号,其排场和酒价均高出一筹,对于我们学生而言,不是时常能够出入的地方。

我住的学生宿舍就在忍川饭馆所在的巷子拐弯后的尽头,有二十多名老家在日本东北的北部海岸町的学生住在这里,其中渔家子弟很多。

寄宿生们全是爱喝酒的,由于体质遗传的缘故,他们习惯用茶碗喝酒御寒,个个是天生的好酒量。不论好坏,只要遇上点什么事,首先就想到喝酒。宿舍里喝,没喝够再去街上喝。上街一般在高架下的杂烩小吃店,或是轨道边的小酒店喝些烈酒。要鼓起勇气去的地方是寿司店。以寿司的鱼虾馅做下酒菜喝上几盅被称之为"款待",算是不可多得的豪华酒宴了。

学生中没有一个能经常出入忍川饭馆的,大伙儿嘴上说这饭馆不对胃口,酒淡如水没法喝,其实完全是因为囊中羞涩,那里的女招待又总让人见了发怵。有个叫潮田的寄宿生,是个富裕的渔家子弟,结实有力,相貌堂堂,颇有艳福。一天晚上他决定秘密地去忍川,刚悄悄掀开门帘,就被那里一个年仅二十岁的招牌女侍者轻而易举地打发,垂头丧气地回到宿舍。这事一传开,那些不解风情的男生对忍川的侍女也只能敬而远之了。

那年送别会的晚上,之所以大伙儿会一窝蜂地涌入忍川,是因为会上有个爱喝酒的毕业生在回顾寄宿生活的讲话中非常感慨地说,我们几乎喝遍了附近所有酒家的酒,唯独忍川这家不曾涉足,就这样返乡将成为一大遗憾。他的话引起了意料之外的反响,也诱发了众人平时积聚的郁愤。

那晚,十余名勇士做好充分的准备,一个接一个异常激昂地走进忍川的店门。天气严寒,楼下的吧台前几乎没有客人,于是我们在那儿一字排开入座,刚嚷了一声"上热酒",大家的酒好像突然清醒了似的,全都默不吱声了。夜已深,周围一片寂静,二楼传来了三弦的弹拨声。

"噢,弹起三弦琴了。"

一个毕业生接着刚一开口,年轻厨师就失声笑了起来,我们更加窘迫,赶紧端起送上的酒喝起来。

这时,两三个身穿和服的侍女过来,隔着吧台为我们斟酒,几盅热酒下肚,周边腾腾的热气唤醒了天生的酒兴,眼看着大家都显出醉态。喝醉后学生们天生的破锣嗓中迸出各自的方言,惹得女孩子们笑个不停。有人还为鱼的事和厨子争论起来,接着大家又热烈地议论起鱼来。这些人只要说到有关鱼的话题,就会滔滔不绝、没完没了。

我醉得厉害,不是渔家子弟的我,无论是酒量还是有关鱼的知识都无法和他们比拟。我把双肘支在吧台的边缘,闭上眼睛。这时,身边的男生捅了捅我的侧腹,对我低声耳语:"喂,你看!那就是打发潮田的女人。"

我醉眼蒙眬地顺着他下颏所指的方向看去,只见她文静地从二楼的楼梯上走下来,脚上穿着白袜子,浅蓝色的和服下摆前后摆动。她用额头拨开门帘露出面容,这女子梳着垂髻,身材矮小,她一面侧身朝我们这边点头致意,一面端着放有酒壶的托盘,沿着柜台旁边的走道向厨房走去。

"喂,等一等!"我醉醺醺地叫住她,"给我多拿些凉水来。"

"是!"女孩稍稍屈膝点头,微笑地应着,迈着轻快的步子消失在走道的尽头。她回答的那声"是",恰似美妙的音色在我的耳畔萦回。

"唔,就是她把潮田……真叫人难以置信。不过,还真是人不可貌相,想不明白……"

我双肘撑着吧台,托着沉重的下颚,翻来覆去地喃喃自语,冷不防身后传来女子的声音:"让您久等了。"回头一看,刚才的侍女拿着杯子站在那里,也不知她是什么时候从哪儿冒出来的。遭此突袭的我只好拿起杯子将水一饮而尽,又舍不得立即把杯子还给她。

"你听见我刚才的自言自语了吧?"

我一问,她稍显突出的下唇嘴角绽放出笑容,坦率地点头承认。

"只听见您说'人不可貌相'一句。"

"我是在说你哦。"

她瞪大了双眼没有吭声。

"听说给潮田脸色看的就是你吧?"

"嗐,怎么能说是我给他脸色看,是他实在太过性急了!"

"不性急,就不会遭冷遇吗?"

她扑哧一笑,"那也是因人而异的。"

"那你看我怎么样?"

此言一出,我好像忽然醒了酒。她笑着歪着头思考起来。

"唉,今晚初次与您见面,还不了解呢!"

"是吗?那我就明天再来。"我信口开河地说。

"只要您方便……如果招呼我,一定马上来见您。"

"你叫什么名字?"

"我叫志乃。"

第二天早上醒来,志乃的脸庞出现在眼前。我一面用冷水洗脸,一面对自己昨晚耍的酒疯付之一笑。可是,奇怪的是到了掌灯时分,我的心仍然难以平静,心神不宁地在宿舍里来回走动。最终,我对自己说:"既然已经约定,今晚就再去一次。听志乃说声'是'就回来。而且,明天起再不准去了。"我又悄悄地钻进忍川饭馆的门帘。在吧台的角落处坐下,对侍女小声地说:"来酒,还有叫上志乃姑娘。"

志乃马上出来了。"昨天晚上真对不起。"我抱歉道,昨晚那精神头居然消失得无影无踪,只是低着头默默地喝酒。即便如此,志乃并没有表现出无趣的样子,不时用笑盈盈的眼神打量着我。楼上的人来叫了她一两次,志乃都回绝了,"现在正有要紧事,请帮我设法对付一下。"这反而使我难受,无法再久待下去。

"志乃姑娘!"

"嗯?"

我溃逃似的回到宿舍。就这样一连过了十天,忽然发现自己十分可笑。

白天我并不相信志乃会喜欢我,怀疑她的好意无非是其职业的习惯。可是一到晚上我却无法怀疑志乃,不能不相信她的善意是发自内心、可以相信的。于是,每天夜晚总要嘲笑白天的自卑,并且心满意足地安然入睡。早晨一觉醒来,内心一片空虚,又悔恨起昨夜的轻浮。在这两种不同思绪的震荡夹击下,我渐渐地愈陷愈深了。

六月的一天夜晚,一个偶然的机会我向志乃讲起深川是我最后见到哥哥的地方。当时,志乃眼里闪着光辉,告诉我深川是她二十年前出生的地方,还说好想看看已经阔别了八年的深川。我若无其事地邀她一起前往,因为我很想在阳光下好好端详志乃。可是在忍川饭馆指名要志乃陪酒的客人很多,她总也得不到休息的机会。就这样过了一个月,总算在公休那天,志乃的深川之行才如愿以偿。

那个白天,是我相信志乃的开端。

从深川回来的夜晚,我对志乃怀着深深的歉疚。白天,志乃是那样的坦率真诚,但我还是那样的自卑。当天夜里,我首次给志乃写了封信。我不是想要祈求志乃的宽恕,只是渴望能够和她坦率地推心置腹。

  我想在这里写下今天在深川没能告诉你的有关我兄弟姐妹的情况。

  我是六个兄弟姐妹里最小的一个。六岁之前,我有两个哥哥,三个姐姐。六岁春天那年,凑巧正好是我生日那天,二姐自杀了。她爱上了一个不该爱的人,痛苦烦闷之余,在津轻投海了。同年夏天,大姐也自尽了。她断定是自己杀死了妹妹,枕着古琴服毒而亡。同年秋天,大哥失踪了。他患有严重的神经质,或许是他再也无法忍受妹妹们迭遭的不幸吧。他至今下落不明,因此可以确定已经不在人世了。剩下的哥哥是个十分能干、坚强可靠的人,我们全都相信他。供我上大学的也是他。在深川的就是这个哥哥。三年前的暮春,他说要开一家自己的木材公司,于是回故乡募集资金,不仅把我家贫乏的财产全部卷走,还从各家亲戚那里借了钱,一并夹带着逃之夭夭。谁都不知道那是因为什么(在木场时对你说了谎,真对不起)。

这个哥哥的背信弃义,对我们全家是个巨大的打击。父亲在此冲击下因脑溢血病倒了。在那一段暗无天日的日子里,我们被彻底摧毁了、绝望了,各自沉溺在自己危险的计划中。而现在,我正在逐步取代过去哥哥曾有的地位。所以,一家人重又燃起了希望。

我从未庆祝过自己的生日。总觉得那天好似我们兄弟姐妹的灾难日。去年的这一天,我郁郁不乐地突然去了深川,那是我漫步深川的开始。自此以后,每当消沉郁闷的时候,就总会到深川走一走。这样我就会通过抗拒、排斥哥哥的幻影,在不知不觉中振作自己的精神。

这就是我的全部经历。

我托忍川饭馆烟草小卖部的温柔的阿时姑娘把信转交给志乃。第二天,通过阿时我收到了志乃的回信。装筷子的纸套上只写了一行字。

"明年的生日,请让我来为你庆祝吧。"

我全心全意地迷上了志乃。

七月末,我得知了志乃与别人订婚的消息。

当时,由于家乡大规模捕捞业的失败而破产,潮田决定大学中途辍学回家,临行前悄悄地向我透露。刹那间,我愕然了。

志乃另有所爱,简直难以置信。我觉得潮田准是因自己辍学失意后要泄愤,才故意这么说让我难受的。可是,潮田说那是从可靠的消息来源听到的,与她订婚的名字叫本村幸房,还说他亲眼看到他们俩一起在浅草散步。

我虽然完全不信,但是不安的疑云仍然愈积愈厚,慢慢在心中扩散。难道是我被骗了吗?我一刻也不能拖延,为了弄清真相立即朝忍川奔去。我的黯淡的目光遇上大晌午炙热的骄阳,只感到阵阵晕眩。我叫醒正在香烟小卖部里打瞌睡的阿时,让她帮我去叫志乃。阿时见我神态不同寻常而吃了一惊,于是立刻向里屋飞奔而去。

志乃穿着藏青色浴衣,系着伊达腰带疾步走来。她的长发垂在肩后,看上去正在梳理头发,那模样是我未曾见过的别具一格的美。这种美丽与我心头的疑惑交织在一起,压垮了我几近绝望的心。我呆呆地站在志乃的面前,浑身颤抖起来。

"你这是怎么啦?"志乃惊讶地皱起了眉。

"你认识一个叫本村的人吗? 本村幸房。"

志乃不由倒吸了一口气。

"从谁那里听说的?"

"别管他是谁,人家说那男人与你订了婚,是真的吗?"

志乃略感意外地眨了眨眼,低下了头。

"说呀。"我紧逼不舍。

"我说,我会全部告诉你的。不过在这儿说不方便。今天晚上七点,请在陆桥上等我。我向老板娘请一个小时的假,一定去见你。现在请你暂时忍耐一下。"

"在洲崎,你不是说全都告诉我了吗? 那是谎话吧。"

"不。"志乃严肃地抬起头来说,"因为觉得那些不说也无妨,所以没有提起。我是死也不会说谎的!"

我被志乃激烈的语调镇住了,不再吱声。我们相互对视了一阵。我渐渐感到胸闷得慌。

"七点改成六点不行吗? 等待那么长时间实在叫人受不了!"我说。

"好吧。六点,我一定来。"

撇下因痛苦而面容扭曲的志乃,我冲出忍川饭馆来到街上,一个劲地往前走,觉得我、志乃、本村还有洲崎及信件,一切都傻得很。我走进路边一家公共澡堂,让热水哗哗地冲在头上,然后……将整个身子完全泡在澡池里。突然间,什么东西掠过脑海。一个念头忽地在脑际闪现,我差点失声喊起来:"抢!"

发热的头脑难以置信地冷静下来,为何没有早一点想到这一点呢?抢啊,把志乃抢夺过来!她若有未婚夫,从他那里把志乃夺过来就行。我在宽阔的澡池里击拍热水、游来游去,"抢过来、夺过来"地嚷嚷着,决心无论如何非把志乃抢夺过来不可。

六点我来到陆桥,看到志乃已经在那里等我了。我们沿着人迹稀少的屋敷町石围墙,并肩默默地漫步在人行道上。

"那是去年春天的事。"志乃望着前方,小声地开始讲述,"×汽车公司销售科长来店里,问我想不想嫁人。对象是该公司的汽车推销员,叫本村。×汽车公司是我们店的老主顾,听说本村在年末的忘年会和新年宴会上看到过我。他非常想娶我,便通过销售科长来和我们店的老板娘商量。说本村是个有本事的推销员,收入丰厚,脾气也好,是个好人。可我才刚满十九岁,又在这样的饭馆打工,对于结婚这件事,说实话完全没有实感,怎么都觉得心里没底,再说我还要给家里寄钱,所以就一口拒绝了。可是科长和老板娘都说这是天赐的良缘,一定要我应承下来,每天都在催促我。接着……又开出条件,说是如果我答应这桩婚事,我家在枥木的双亲和弟妹,由科长和本村共同负责照顾。我终于鬼使神差稀里糊涂地说,那就请多多关照,我真傻。那以后,本村在休息日就会以我未婚夫的身份,和我一起去看电影或喝喝茶什么的,可我却一点儿也高兴不起来。我怎么也无法喜欢本村,他却对办结婚典礼急切到令人匪夷所思的地步,尽说些婚礼在哪里办啦,新婚旅行坐飞机去哪里之类的话。我觉得异常乏味,失去了期待结婚的念头,本村越急我越是找这样那样的理由,把婚礼的日期向后推得远远的。于是,本村就……"

志乃突然缄口不语,看着脚下往前走。

"本村干什么了?"

"他居然想要……"

我的脸颊顿时火辣辣的,心脏剧烈地跳动起来。

"然后呢?成了吗?"

"怎么可能呢。"志乃若无其事地笑了,"可是,如此纠缠不清,闹得我很困扰,就回枥木去找爸爸商量,他听后怒不可遏。据说对方也直接找爸爸谈过,可是因为我写回家的信中总是流露出不愿意的情绪,所以迟迟没有答应他。爸爸说,他是想先占有我的身体,让我没法嫁别人,然后就可以强迫我同意,真是太不像话!爸爸是一个任性、随意的人,可是他说,这种带附加条件的婚姻是要不得的,不能被眼前的条件诱惑而枉断一生。要结婚,最重要的是碰到能够至死不渝相爱的对象,速战速决才好。"

我停住脚步。志乃站在我前面。

"干脆和那个人吹了吧!"我说道。

"好的。"

"当作没发生过的事,忘了它吧。"

"好的。"

"而且,请对你父亲说,已经碰到与自己情投意合的对象了。"

志乃瞪大眼睛,直直地凝视着我的脸。面对面站立的我俩之间有一股热气在旋转升腾,每一次呼吸都会引起万千变化,吸引我和志乃越靠越近。志乃慢慢地抬起手来,合抱自己的胸口,我咽了口吐沫,总算开了口。

"我太性急了吧？"

"不。"

志乃好不容易也跟着我笑了。

秋末，志乃父亲的病情骤变。

志乃的父亲年轻时就饮酒过度，迁居枥木后患上肝病。母亲去世后，他的病越来越重，光靠志乃汇寄的生活费和弟弟挣的钱无法使他安心养病，加上天性中的自暴自弃又冒出来，任由病情日益恶化。每次收到弟弟详细描述父亲病情的来信时，志乃总是流露出愁苦的神情，"多么想为爸爸治好病啊，可是真的无能为力。再怎么拼命，也是杯水车薪。"说着，她凄苦地一笑。一天早上，志乃突然收到父亲病危的电报。

我被传口信的女子叫醒，立即赶到忍川饭馆，已经整装待发的志乃等着我，面色惨白。

"爸爸好像快不行了，我要回去一趟。"

志乃还算镇静地打开折叠好的电报给我看。顿时，我感到嗓子干得要冒烟了。

"让我送你一段路吧。"我急不可待地说。

"那就谢谢你了。"

"立刻就走吧。"

"就这样子,行吗?"

我穿着久留米碎白点布做的便装,系着整幅的兵儿腰带,下巴上胡子拉碴。"真不好意思。"

"不,只要你不在乎……"

"那就快走吧,怎么说也是越早赶回去越好。"

我们换乘电车到达北千住。志乃要乘东武线电车,还得再花两个小时才能到达她父亲的住处。

在月台候车的时候,志乃说:"听说爸爸的病叫肝脏萎缩症。肝脏渐渐地收缩,最后变得像块小石子。总之已经不行了……"

看到志乃绝望的神情,我倒反而亢奋起来。

"你可不能灰心丧气啊,一定要振作起来。不论结果如何,都不可乱了阵脚啊。"

我词不达意地说着,努力帮她打气。电车进站时,志乃从腰带里取出一张折叠的小纸条塞到我手里。

"等电车开动后再看。"

"需要我的时候,随时打电报叫我!"

"谢谢。"

她悄悄使劲握了握我的手,跳上电车出发了。

直到电车看不见了,我才疲惫地坐在月台的长椅上,打开信来。便笺上留着淡色铅笔的潦草字迹。我把信朝着光线射来的方向读了起来。

匆匆有件事要拜托你。

希望你能见上我爸爸一面。

我双亲都没看到你就离开人世真是太可怜了,我也会终生抱憾的。

特别想让爸爸看看你,至少可以让他在临终时不再为我挂心。

原谅我的自作主张,请坐明天一点的电车来我家吧。我会让小妹多美去车站接你的。

还有件事实在难以启齿,我家住的是殿堂,是神社的神殿。深川的住处被焚毁后回到枥木还是无处栖身,便租了神殿的外廊,就这样住了下来。请别因为太过惊讶而说不想来之类的话。求求你,请一定来。明天见。

希望你能够赶上。

万一实在来不及,也想请你看看爸爸的遗容。

　　　　　　　　　　　　　　志乃

次日下午一点,我坐电车从浅草出发,三点过后到达枥木。

走出小小的站房,不知从哪儿冒出个河童头女孩,她走近我身边,对我咧嘴微笑。她的鼻子高高隆起,眼梢微微向上翘,一看就知道是志乃的妹妹。"你是叫多美吧?"我说。她用力点点头,然后,用老师对学生点名时的口吻大声叫我的名字。

"你父亲怎么样啊?"我询问。

"医生早就说不行了,可现在还活着呢。"一字一句,方言的每个词尾音都是上扬的。

"是吗,太好了!"我觉得这样志乃的心愿可以实现了。

"志乃姐姐说,你不来,爸爸是不会死的。"

志乃这么说,是为了鼓励被医生放弃的病人和她的兄弟姐妹吧。即使如此,一想到像我这不值一提的人,竟能使一条即将消逝的生命延续数小时,就不由得感到全身振奋起来。

我和多美穿过轨道沿线的小径,沿着街道一侧并排的房屋后的田野小路,急急赶路。路边到处长满芒草,天上覆盖着厚厚的云层,许多红蜻蜓在空中自由地飞翔。

"这是近路吗?"我边走边问。

"不,是绕远道。"多美说。

"为什么绕路呢?"

"因为爸爸说过在你到之前不会死,你一到他不就要死了吗?"

多美表情认真地说。但当我不由得放慢脚步时,她却奔跑似的快步走去。

前方的路边,有一小片杉树林子,成群的乌鸦黑压压的,在树林上空盘旋。

"又来了,这些乌鸦!"多美厌恶地吼起来。

走近一看,树林不见了。原先有的这片林子由于从里向外不停地砍伐,如今只剩下面前这些稀稀拉拉的树木了。穿过陈旧、歪斜的牌坊,走出林子,在一片树桩子的林子深处盖有殿堂,其实确切地说那是座古老且还算宽敞的神殿,在黄色田地的映衬下,显得白乎乎的。那就是志乃的家。

多美朝着那个方向跑去,同时身着藏青色碎白花纹裙裤的志乃从神殿高高的廊檐下跑来,与多美擦身而过。

"到了。"我说。

"欢迎,正等着你呢。"

志乃取下盖在头上的手巾,双手紧紧地攥着。一夜不见,她眼窝深陷,嘴唇也变得苍白而干涩。

"赶上了,真是太好啦。"

"是啊。到现在为止,我一直在鞭策自己,一定得赶上……"

志乃咬着嘴唇,显得万般无奈。我抢先迈着大步朝神殿走去。神殿像是已被荒废了多年,原有的装饰荡然无存,只有神像前挂铃上早已褪色的布条还安静地悬挂着。我抖擞精神,正准备进入刚刚志乃步出的高高的廊檐时,她从身后叫住了我。

"那里就是弟弟干活的地方。请到这边来。"

我低着头登上了神殿的台阶。

推开神殿的板门,昏暗的殿堂里亮着一只裸灯泡,好似熟透的柿子。里间内大约十席大的空间被分隔成两个部分,里侧是高出地面的神坛,那里乱七八糟地堆放着大大小小的箱子和镜框,看来那些应是神社的遗留物。眼前的一半铺满几张毛边起刺的榻榻米,靠里边有一个黑黢黢的老式衣柜,柜子边就是志乃父亲的床铺,他已经朝不保夕奄奄一息了。以扎笤帚为业的弟弟、初中三年级的妹妹还有多美都端正地跪坐在父亲的枕边。

"爸爸,爸爸,他已经来了,来了!"

志乃跑到枕边,隔着薄薄的被子推了推父亲的前胸,父亲的脸瘦骨嶙峋,小得不像成年人,叫人难以置信,简直就像一具木乃伊。他双目紧闭,脑袋随着志乃的摇晃而软弱无力地左右摇摆。志乃一面不停地推摇一面说着我的名字。父亲只是嗯嗯啊啊地尖声回应,却依旧无力气睁开他的双眼。

"好不容易赶来的,您听到了吗?爸爸……"

志乃几乎要哭出来,求助似的回头望着弟弟妹妹们。这时多美突然伏在父亲的耳边大声喊叫起来。

"是志乃姐姐的未婚夫,志乃姐姐的未婚夫啊!"

多美的话音未落,父亲的眼睛微微睁开了。多美赶紧重复:"爸爸,他是志乃姐姐的未婚夫啊,您看,他就在爸爸的身边呐!"就着红色的灯光,父亲微微颤抖的眼睛骨碌碌地转动着,好像眼珠会从眼眶里滚落出来似的,他的目光最终晃晃悠悠地落到我的身上。我双手撑在床铺边,在他眼前躬身喊道:"爸爸!"

"哦,我是志乃的父亲。"

舌头有些不听使唤,声音却意外有力。父亲挺直脖子,想试图撑起身子。

"不行,不行,请您就这样躺着。"我急忙按住他僵硬如木板似的肩膀说。

"我真是没用,孩子都没能养育好,留下许多缺憾。志乃请你多多关照,拜托你了!"

说到这儿,父亲剧烈地喘了起来。

"能看到吗?爸爸,你看见了吗?"

志乃好像一定想让父亲见见我,紧紧地伏在父亲的胸前一个劲地问。

"嗯,看到啦。"

父亲以突然变得气若游丝的声音回答。志乃不安地扭动着身子。

"怎么只说看到了,你觉得怎么样呢?啊,他怎么样啊?爸爸。"

父亲消瘦的面颊微微抽动着。

"是个好人呐。"之后,眼皮再次沉重地垂下,只有嘴巴在无声地翕动,仿佛在说着什么。

"他说看到了,你是个好人……"

志乃仰头看了看我,马上又低下头去,眼泪扑簌簌地掉落在父亲的喉结处。

第二天,志乃的父亲与世长辞了。

父亲死后,志乃家失去了栖身之处。殿堂只好还给人家,兄弟姐妹也必须分开过日子。弟弟作为扫帚制造公司的工人住进厂里,妹妹们去投靠远房亲戚,志乃则由我带回了东京。

一过父亲的五七忌日,我和志乃准备马上实现她父亲生前的遗愿——"相爱了就尽快结婚"。

那一年的除夕,我带着志乃从上野站坐夜行列车出发回老家。

故乡下着沙沙的细雪。下了火车走过没有顶棚的月台,志乃原本上过头油显得光润的头发如同撒上了一层银粉。

母亲一看到我们便哎哟哎哟地叫起来,她那皱纹密布的脸上堆满笑容,在老远处张开双臂,好像要拥抱我们似的。志乃大大方方地径直走到母亲的面前向她问好施礼,母亲的腰弯得比志乃还低,用唱歌似的乡音还礼致意。

"哎哟哟,真难为你来到积雪这么深的乡村。"母亲边说边用手拍去志乃大衣肩上的雪花。志乃两颊绯红,顺从地任由母亲拍打。

"下着这么大的雪,您就不必来接了。"我一开口,母亲露出"这怎么可以呢"的不以为然的神情,摇了摇她那低垂的肩膀。

"你说什么啊,儿子的新媳妇上门,不来接怎么行!连车子也为你们叫好了。"

汽车行驶在积满新雪的车道上,防滑链发出嘎吱嘎吱的声响,驶过一条结冰的河流,右转拐上了沿河的坡道。路很窄,勉强能通过一辆车。

"哎呀,这样的积雪,能过得去吗?"司机歪着脑袋质疑,母亲向前探出身子说:

"车上坐的可是新媳妇呐,想想办法开过去吧。"

"好啊,元旦载上新娘,大喜事啊。半途停车,可就不吉利啦。嗯,开过去,一定得开过去!"司机这样应道。

家门前的路边,父亲和姐姐打着一把蛇眼伞并肩站立着。司机开玩笑似的故意按响喇叭,父亲挥动着手中除雪用的大木刮刀不停地说,"欢迎,欢迎!"姐姐把志乃拥入伞下,领入家门。

"昨天晚上开始又下雪了,怎么清扫雪道也还是扫不尽。"父亲说。

"可是,你还扫得动雪吗?"

我抬头看着从去年起变成弓背、疾病缠身的父亲,他笑了,"那算什么!"

"你爸呀,叫他别干了,可总也不听。"母亲说。

那一天,天黑得特别早。全家五口人围坐在饭堂的被炉里,吃着我们带回家的简单的糕点。父亲总是翻来覆去地说着相同的事,所以没扯上几句,就到了必须点灯的时分。

母亲和姐姐同时起身去准备晚饭,志乃也跟着站起来,从手提箱里取出下厨用的烹饪围裙。母亲慌张地按住志乃的手。

"哎呀,这可不行,志乃,你是新媳妇,就坐着别动了。"

"哎。不过,还是让我帮着干点什么吧。"

"不用了,我和香代两个人就行了,你啊,就坐着吧!"

看着两个人争抢那件围裙,我和父亲都笑了。

"妈妈,既然志乃想帮忙,你就让她做点什么吧。"我这么一说,母亲一脸惊讶的神色。

"新郎官,你说什么呀!我可不想让刚过门的新娘到厨房去洗这洗那,如果叫外人看到了,会怎么想啊?"

"没有关系啦。她和一般的新娘不一样的。她早就说过,新媳妇帮忙干活怎么就不行呢?外人看到爱怎么说就由他们去说吧。你一辈子在乎外人,操劳到现在,到志乃这一代,应该有个新的开始吧。好啦,你就带着志乃去吧,和刚进家门的媳妇一块洗洗涮涮,心情一定挺不错的。"

"那好吧,就听你的。"

母亲尴尬地笑着,高高兴兴地替志乃系上围裙后面的带子。

当晚,我让在火车上没睡好的志乃先去休息,我们一家子在饭堂里商量起办婚礼的事来。婚礼定在第二天晚上举行,只有家里人参加。亲戚都住得远,镇上也没有什么亲密的好友。我一开始就没打算举行什么张扬的仪式,只是想到父母生下我们六个子女,直到六十出头才娶回小儿子的媳妇的心境,遂决定一切任由二老做主,对此自然毫无异议。

父亲和姐姐也相继起身去睡了,饭堂里只留下我和母亲。我们沉默了一阵,静听着铁壶中沸腾的水声。

"这次的事情,你办得还真是挺像样啊。"母亲说。

"嗯。"我高兴地点头表示赞同。

"从信上虽然了解了大概的情况,可是你说她是在饭店干活的人,没见到本人之前我还真有些担心,就连做梦都在想着这个没见过面的媳妇。不过,吃过苦的还真和一般的姑娘不一样。你得好好对待人家,别以为人家脾气好就任性瞎来。"

我一再点头应承。

"那是那是。这事香代姐姐怎么看？"

"啊，她挺高兴的，就像是自己的事一样。"

我这就放心了。关于我和志乃的婚事，最让我烦心的就是这个姐姐。姐姐体弱多病，眼睛又不好，成天戴着一副蓝玻璃的眼镜，今年已经三十五岁了。从今往后，恐怕结婚是没什么指望了。六个兄弟姐妹，如今只剩下姐姐和我两个人，我有一种必须保护她的义务，绝不能让她心中自然生成的孱弱火焰熄灭。可是，我的结婚对姐姐来说或许是一个不小的冲击。想到我们兄弟姐妹那经不起孤独的血缘，我从内心惧怕姐姐会因我的结婚而陷入更深的孤寂之中。

那天夜晚，我和姐姐睡在楼上，志乃和母亲在楼下并枕而眠。

我正要上楼，无意中朝厨房看了一眼，见姐姐正在水池边哗啦哗啦地洗脸。我早就知道晚上睡觉前用冷水洗脸是姐姐的习惯，可是那一刻我突然怀疑莫非姐姐一直在那儿哭泣。无论志乃人品是好是坏，姐姐那颗敏感的心都会掀起波澜的。

如果自己是已经死去的兄弟姐妹中的任何一个的话，肯定会就此悄悄径直上楼的。我边想边发出啪嗒啪嗒的脚步声向水池边走去,冲着姐姐的背影喊了一声。姐姐回过头来,湿淋淋的脸红扑扑的。我凑过去,几乎要贴到她的脸上,故意粗鲁地问:"我的媳妇,怎么样啊?"

姐姐眨了眨正滴落水珠的眼睛,笑着回答。

"人挺好!"

"是你的弟媳了,你看能处好吗?"

姐姐默默地笑着,挥起她的拳头敲打我的前胸,恰似大猫拍打小猫崽那样,充满了骨肉间的亲情。

"谢谢你!"

我觉得我和志乃的婚姻是成功的。

第二天,雪停了,晚上,十三夜的皓月升上天空。

我上身穿大岛碎花纹布的套装和服,下身是裤裙。父亲和母亲穿上了带有家徽的和服。不爱出门疾病缠身的父亲亲手从橱柜底层取出十几年没穿的礼服,还赶紧让人熨平和服外褂衣领处深深的褶痕。志乃没有长袖和服,只能穿一件唯一的出客服,姐姐陪志乃也穿上出客服,外加一条白底金丝的绣花腰带。在透过玻璃门能够看到皑皑雪原的客厅里,我和志乃居中而坐,两侧是父亲和母亲,母亲的身旁坐着姐姐,一家五口坐成コ字形围着餐桌,桌上摆着个头很大的烤咸鲷鱼。

这是一个特别简朴的婚礼,既没有媒人、男女小傧相,也没有贺喜的来客,世上也许再也没有比这更小的婚礼了。然而,新郎新娘如此情投意合、炙热惬意的仪式应该也是绝无仅有的。同时,对于踏上新的人生道路的我和志乃而言,这是再合适不过的启程。宁可小些、穷些,也要坚强而内心充实地生活下去,这就是我们的信条。

喝完了"三三九度"的交杯酒。作为昔日曾经显赫的痕迹,在我家还留有许多不适合现代生活的豪华餐具。一般的宴会使用起来绰绰有余,可是因唯独没有办过婚礼,所以没有一件适合婚礼的用具,喝交杯酒也是用普通的酒杯循环进行的。姐姐主动为大家轮番斟酒,但是她的视力不好,无法区分酒的颜色,每次都斟得溢出杯外,她总是不知所措地"哎呀、哎呀"地嚷着。大家始终开心地嬉笑着。

仪式大致告一段落,又一杯酒落肚后,满脸通红的父亲突然开口说:"我来唱段高砂曲吧。"

我们都不禁一怔,大家从未听父亲唱过歌,只当他是在开玩笑,于是笑嘻嘻地望着他。不过父亲看上去是认真的,他正襟危坐,大声咳了一下清清嗓子,放在膝盖上握拳的右手哆哆嗦嗦地不断地敲打餐桌的边缘。这是父亲的病又要发作的前奏。父亲生病以来,一旦过度兴奋,不听使唤的右手准会哆嗦地颤抖起来。

"高……砂……呀!"

父亲晃动着下颔唱起来,他舌头打结,声音卡在喉咙口,哪里是在唱歌,只有呼呼的气息从残缺不全的齿缝中直直地喷出。

"孩子他爹,他爹,快停下吧!"

母亲泪眼汪汪地哀求,可父亲就是不肯停下来。

"爸爸,爸爸!"

姐姐双手按住父亲颤抖的右手臂,父亲仍旧要唱下去,敲打餐桌的声音越来越响。

我只是一声不吭地注视着他们三人的小纷争。默默承受子女们接二连三离去的打击至今的双亲,哪怕是这点小小的欢愉就兴奋得不知如何是好了。我想这乱了方寸的三个人是第一次尝到如此喜悦的滋味,不禁冲动得想放声大哭一场。志乃眼眶红红的,纯净地笑着。

那晚,我和志乃睡在楼上的房间里。

我利索地将两条并排铺放的被子叠在一起,只留出枕头。

"在我们雪乡,睡觉的时候什么也不穿的,就像初生时一样,这要比穿睡衣睡暖和得多。"

我迅速脱下和服和内衣扔在一边,赤条条地钻进了被窝。

志乃花了很长的时间折叠好和服,然后啪地关了电灯,蹲在我的枕边怯生生地问:"我穿睡衣睡,不行吗?"

"啊,那可不行哟。你也已经是咱雪乡的人了。"

志乃无语,黑暗中响起了衣服摩擦的声响。"对不起。"不一会儿,一个白皙的身影一下子滑入我的身旁。

我第一次拥抱了志乃。

志乃的胴体比想象中来得丰满。平时,她老是穿着和服,看上去瘦兮兮的,此刻,我的手掌竟无法覆罩她的乳房。她肌肉结实而紧绷,正因为这样,我有点局促不安,不知如何掌控力度。志乃的肌肤细腻轻薄,紧贴着她的胸脯,我每时每刻都能感受到她一腔沸腾的热血。她体内的褶皱处迸发出燃烧似的灼热,转眼间,我们俩就汗湿了全身。

那天夜里,志乃如同一尊制作精巧的人偶,而我呢,则是一个初登舞台、专注忘情又很生疏蹩脚的操纵人偶的演员。

我们紧紧地搂抱着,无法入睡。我问志乃,"怎么样,暖和吗?"

"嗯,暖和得很。以后在东京住的时候,也这样睡吧。"志乃依偎在我的胸前说。

随后,依次回味着婚礼仪式,她用朴实无华的语言讲述了对我家人的好感。

"可是,我什么也不会做,真是太惭愧了。从今以后要好好学习。现在我才明白,过去这二十年时光算是白过了,全然不管自己的事,只是顾忌别人,顾忌周围,不论爱做的,不爱做的,都一概那么忍受着,忍着……"

"你是忍川的志乃小姐嘛!"

"不,什么忍川呀,我已经把它全忘了。从明天起,我要变成另一个志乃,今后,只想我和你的事,让我们一起过美好的生活吧。"

话音停顿时,雪乡的夜晚,万籁俱静。一片静谧的远处传来一阵清脆的铃声,声音渐渐地越来越响。

"那是什么铃声啊?"志乃问。

"马橇的铃声。"我回答说。

"马橇,是什么啊?"

"就是马拉的雪橇。兴许是当地的农民在镇里喝多了烧酒,搞到这时辰才回村子去吧。"

"我想看看。"志乃说。

我们俩用一件棉袍裹住赤裸的身子,走出房间,将走廊的防雨套窗拉开一条小缝儿,一道利刃般的寒光射进屋来,把志乃裸露的身体染得雪白。

雪原亮如白昼。马匹拉着雪橇叮叮当当地在田间道路上奔跑。雪橇上坐着一个裹着毛毯、合抱双臂正打瞌睡的车夫。他驭马独自急行在归途上,在月光的映照下,马蹄铁闪闪发亮。正看得入神的志乃索索地颤抖起来。

"行了,去睡吧。明天还要坐火车呢,睡会儿吧。"

"嗯,在铃声消失前,我们睡着吧。"

一钻进被窝,志乃就把冰冷的身子紧贴在我的胸前,冷得咯咯打颤的牙齿悄悄靠在我的肩上。

铃声渐行渐远,最终听不见了,只留下阵阵耳鸣。

"还能听到吗?"

志乃没有回答,我将嘴唇贴在她的唇上,志乃已经进入了梦乡。

第二天清早,我们出发前去新婚旅行。

我和志乃原先并不打算搞什么大费周章的旅行,可是母亲说无论如何得去一趟。按她的主张,这不仅仅是为了我们,家里也要为了今后的生活做各种准备,因此哪怕只住一宿也应该去。我们无可奈何,便从镇上的火车站出发向北乘坐两站,到K温泉去住一晚。K温泉在一个山谷的村落里,我辍学后的失望之时,曾在那儿度过整整一年百无聊赖的日子。我之所以带志乃去那样的地方,是想让曾经荡涤过我焦虑汗水的乳白色温泉,也浸泡一下在焦虑之余意外邂逅的志乃的身体。

早上的列车中挤满了商人。不过,很幸运,我们面对面地坐下了。志乃眯着因睡眠不足而略显浮肿的眼睛,眺望着窗外沐浴在晨曦中的景色。

列车从镇上车站驶出不久,志乃"啊"地喊了一声,眼睛瞪得圆圆的。

"看到啦,看到啦!"

志乃双手猛然抓住我膝盖,用力地摇晃起来。

"你看呀,看见了,看见了!"

顺着她手指的窗外,向外延伸的低洼地里的村镇中屋顶上积满白雪,结冰的河流、桥梁、火警瞭望台、寺庙的屋顶以及村镇背后连绵起伏的北上山地的低矮群山呈现在眼前。

"什么,你看到什么啦?"

"家,我的家!"

我定睛望去,冻河的岸边,我家的房子很小,然而朝霞衬映下的洁白的墙壁,在一片雪原中清晰地凸显出来。

"嗯,看见了,看见了。"

"看见了吧,那是我的家!"

志乃继续猛烈地摇晃着我的膝盖。她出生至今二十载,不曾有过一个像样的家,此刻在新婚旅行的列车车窗远眺时好不容易才找到了"自己的家",那份欣喜之情我是完全能够体会的。可是,我突然意识到,那些新年首次出门送货的商人、那些穿着盛装出门拜年的人都默默地以好奇的眼神注视着我们,我一面"嗯,嗯"地向志乃点头答应,一面因为自己在周边人群中过分显眼而不由面红耳赤起来。

初　夜

一

　　当我还是大学生的时候,就和一个名叫志乃的二十岁的姑娘结了婚,她在我们宿舍附近的一家小饭馆里工作。

　　那是我们相识整整一年之后的正月。利用寒假,我把志乃带回家乡。初二晚上,一家人办了个小小的结婚酒宴。在妈妈的劝说下,第二天我们就到离家不远的一个颇有乡村风味的温泉去体验了一天象征性的新婚旅行。

　　那是个雪原中的温泉旅馆,除了有一条一匹马勉强能通过的小道外,尽是一片白茫茫的积雪。帐房里有个很大的地炉,澡堂里冒出白色、浑浊的温泉水,此外,再没有什么可值得一提的东西了。过分的平淡无奇使我在志乃面前实在难堪,可志乃却快活地说:"我还是第一次看到这么多的雪,是个很好的纪念。"

她时而伫立窗边,远眺雪雾猛卷的原野;时而看着壁龛上供神用的圆年糕上掉下来的橘子,很有趣地笑着。其实从早晨起,壁龛上的橘子就常常往下掉,尽管没有风,它们却自然而然地扑通一声掉在地板上。志乃把它捡起来,放到圆年糕上,不一会儿,它又扑通一声掉下来,没完没了。

"年糕、橘子都冻得硬邦邦的啦!像是用玻璃做的,所以一下子就会滑落下来。这咋办呢?"

"嗨,由它去好了。"

"可这是过年的摆设,老往下掉可不行。"

志乃说着,思考了一阵,就把硬邦邦的橘子拿到被炉里去烘烤,想让它解冻。

晚上就寝之前,我和志乃去温泉洗澡。在睡觉前,有一件事我觉得非跟志乃说不可。不过,又感到这种事似乎不应该在新婚旅行中向新婚的妻子谈起,因而在天黑之前一直难于启齿。这事对我来说是无法回避的,可是,它很可能会使志乃那颗明朗的心蒙上阴影。

坐在木澡盆的边沿上,我听到原野上呼啸的风声。澡堂的窗户突然一下子变得雪白,无论窗户关得多紧,不知从哪儿飞来的雪花还是纷纷扬扬地落在我发热的脊背上。它使我忽地从沉思中惊醒,使我的心剧烈地跳动起来。

"昨晚我采取了不生孩子的措施。"我冷不防地说。

隔了好一阵,志乃才意识到我说的是新婚初夜的事。

"呀!"志乃眨着眼,低下了头。

"你,想要孩子吗?"

我单刀直入地往下追问。志乃把长长的双臂叉在胸前,更加起劲地眨着眼睛。

"这……我想要的。"

"要几个?"

"两个,一男一女……不过,不一定现在马上就生。"

"这样啊……"

我叹了口气,望着窗户外边,在心里又嘀咕了一句:她还是想要的!志乃沉默了一阵,大概有点纳闷吧,于是她问:"怎么啦?"

"嗯,我嘛……实际上不想要!"

我看着志乃的脸,下决心这么说。正如我害怕的那样,志乃的脸上明显地流露出失望的神色。不过,她还是微笑了。

"为什么?你讨厌孩子?"

"不,那倒不是。"

"那么,是否因为你现在还是学生?"

"那也不是。既然我已经是一个学生丈夫,那么如果想要孩子的话,我是不会拒绝做一个学生爸爸的。"

"那……因为我没资格,是吗?"

她浮现出一种难得见到的带着自我解嘲意味的笑容说。我斥责她:"傻瓜!"志乃是我理想的妻子,我怎么可能撇开她,让别人给我生孩子呢?

"你这样说,我只能把真正的原因告诉你了。我是害怕有自己的孩子!"

我一说,志乃便好像猜中了似的点了点头,把目光移到了脚下。也许志乃在决定做我妻子的时候,也曾考虑过这件事。

"我为什么害怕,你知道吗?"

"知道。"

我想,这下就可以省得我在这里说出自己所厌恶的那件事了。

我的父母共生了六个孩子,我是最小的一个。六兄妹中,除了我之外,上面五个都是失常的人:有的自杀了;有的失踪了;有的是天生的残废。而且四人已经死亡,现在只剩下我和我上面那个生下来眼睛就不好的姐姐。

作为幸存的最小的弟弟,这些哥哥姐姐的不幸和短命,不得不使我深深地为之苦闷和焦虑。我不认为他们一个个去世是些极其偶然的事故的重叠,总觉得他们像是被某种肉眼看不见的绊脚绳相互牢牢地拴在了一起似的。如若不然,那么决不可能一个死了,其他几个也都接二连三地死去。

比方说,一个家庭中生了一个残废的孩子,他的家属一定会为这偶然的不幸而悲伤。可是,如果接着出生的同样也是个残废,那会怎样呢?他的家属还能够一味地悲伤吗?再比方说某个家庭中有人自杀了,余下的人也许愤怒更甚于悲哀。可是,如果当指责自杀者轻率的人当中又有一人自杀了,那又会怎样呢?他们还能够停留在单纯的愤怒中吗?他们所受到的刺激,一定会超过悲哀和愤怒。于是,他们不得不感到某种类似宿命的因缘,把自己与那些不幸的人连在一起!

我甚至想到了血液,我在怀疑将我们兄弟姐妹连在一起的血液本身是否是病态的,而我要诅咒的正是哥哥姐姐身上的病血正在我身体中流动这一不可否认的事实。于是,我想到自己的一生可能要与这病血的诱惑抗衡,以至于自暴自弃地嘲弄自己的人生是在和自己的血液进行较量。所以,当我要把这种不知何时会葬送自己的危险的血液输送给孩子的时候,我感到难以名状的恐惧。

我的这些情况,过去曾对志乃讲过多次,志乃是知道这一切后才来跟我结合的。当我说害怕有孩子的时候,并不知道志乃的内心,其实她一定已经察觉出了,我的害怕是无法和一般年轻的父亲们对将来出生的孩子所持有的不安相比拟的。但是,一想到志乃从自己丈夫的嘴里明确地听到不生孩子的"宣言"时的心情,我就十分难受。志乃有着年轻而健康的身体,却要在生活中被夺走妻子、女人的最大欢乐。即使这是志乃心甘情愿选择的不幸,可让她做出这一选择的我,内心毕竟是万分痛苦的。

我和志乃都咽下了互相该说的话,沉默了一阵,静听着风声。我的身子感到冷了。

"你不冷吗?把身子洗热后出去吧!"

我催着志乃,跳进了澡盆。我们在牛奶般乳白色的温泉水中,悄悄地勾起了小指头。

"不是我不了解你的心情,我现在实在没有信心。要是有信心的话,哪怕是现在……所以,你能不能保证在我恢复信心之前不要孩子?"

志乃点点头,用力勾紧了我的小手指。

"我没关系,你不必为我担心。孩子的事我可以等待,直到你同意生为止。有的夫妇很想要孩子,可他们不能生育……"

"好,一言为定。"

"哎。"志乃挣脱小指,离开了我。

二

第二天结束旅行后回家,我和志乃在老家度过了十天新婚的生活。寒假结束后,我只身回到了东京。

每天上学经过志乃过去工作过的那爿店时,志乃的义妹——一个少女总要挑开门帘跑到我跟前问:"怎么样啦?"她会以大人的口气来问话。

"什么怎么样?"

"志乃,她好吗?"

"啊,好啊!她穿着白点花纹的工作裤在干活呢!"

"小娃娃呢?"

"傻丫头!"

偶尔女店主也会咧嘴露出闪闪发光的金牙走出来。

"你说志乃是和她婆婆住在一起的?她们相处得好吗?"

"还好。破冰打水啦,跟妈妈学裁缝啦,相处得挺不错咧。"

"是吗,这样我就放心了。不过,好不容易结了婚,又各分东西,真够呛!"女店主说着,不由得将我上下打量了一番。

我们决定在毕业之前分开生活。学业只剩下一年多了,还有写毕业论文这一难关等着。我不愿在自己伏案学习的时候让妻子待在一旁,加上我意志薄弱,和志乃在一起生活怕会沉溺于她而荒废了学业。志乃自己也希望在我家重新体验一下这几年生疏了的家庭生活,并和我家里人搞搞熟。

我们虽然分居在相隔四百公里的两地,却并不觉得怎么难熬,也许这是因为我们不具备两人在一起生活的条件。不过,夫妻分居,偶尔热烈地团聚倒也是不错的。每隔三天,我给志乃寄出一封日记式的信,志乃则每周给我写一次回信,告诉我家里的情况。每逢假期,我像箭一般地飞回家,志乃总是来车站相迎。在回家的路上,她抽出夹在腰带中的日历,从高高的桥上扔到河里。这种日历是志乃自己做的,她把我不在家的日期密密麻麻地填在纸上,然后从大数按顺序,三十、二十九、二十八那样每天划掉一格。这样,离我回家的日子还有几天就一目了然了。划去"一"字的第二天,我就到家了。

就这样,我和志乃一起度过了春假和暑假。

这年十一月初的一个傍晚,我在世田谷三宿的公寓收到了爸爸寄来的加急信。为了写毕业论文,我从学生宿舍搬到那儿住了。爸爸本来就是个悠然恬静的人,加上几年前因轻度脑溢血病倒以后,一丁点儿小事都嫌麻烦,没有什么特别的事他是决不会寄加急信来的。我暗忖兴许是妈妈得了急病,急急忙忙地拆开信一看,并不是妈妈得病,而是志乃怀孕呕吐了。

"也许我会打扰你的学习,可我有一件急事得告诉你,"爸爸用歪歪斜斜的字体写道,"半个月之前,志乃在一次晚饭时吃了点青椒后突然呕吐了。你很清楚,青椒是志乃爱吃的东西。从那以后,不光是甜椒,凡是香味浓的食物,她只要一闻到味儿就想吐。一打听,原来她口中早就经常流酸水并悄悄地吐过。看到这些,妈妈隐约地察觉出志乃身子的异常。之后,呕吐日渐严重,近来连粥也不能沾口。一星期前,妈妈陪着志乃到医院去,为了保险起见,先看了内科。医生询问了志乃身子的异常情况和你上次回东京的日期,在纸上做了计算,随后说,可能要去妇产科看。于是,又到妇产科去诊查,结果看来'有喜'的可能性极大,不过又说还要再过一周才能得出确切的结论。你爹我也是六个孩子的父亲,自然能猜出个八九分。一天晚上,我擅自决定到街上买了橘子,不声不响地放到志乃的枕边,过了一小时去一看,她已经吃了个精光。今天是医生指定的第七天,诊查的结果很清楚,志乃怀孕已有两个月了。妻子怀孕你还是头一次经历,或许会心慌意乱。我曾考虑不告诉你,等你过年回来再说。但是,这对你来说是件人生大事,也是我家前所未有、大快人心的喜事,你爹我在心里一天也搁不住。志乃的事,你一点儿也别挂念。她现在虽然瘦了,但呕吐不是病,不久,她又会恢复原先那丰满的脸颊的。你可千万别像女人那样怯弱!"

以上便是来信的内容,末尾,爸爸以这句话结束全文:"你爹我今年七十岁,一想到能得到第一个孙儿,我就觉得应该长久地活下去。刚才,我还跟你妈笑了一阵哩!"

由于困惑,我茫然了。

我还是第一次读到爸爸流露出如此自信和兴奋之情的书信。以往,爸爸常因我们兄弟姐妹不争气而受到精神折磨,丧失了活力;他作为这些子女的父亲,一直暗暗感到耻辱,可是如今居然能充满自豪地挺起了胸脯说:"你爹我也是六个孩子的父亲";这个连东西也不会买的人在"一天晚上,擅自到街上去买了橘子";充其量不过是小儿子的媳妇有了身孕,可他却说成是"前所未有,大快人心的喜事",进而几乎要拍起手掌来;最后,这个平时不说一句笑话的人竟把儿媳瘦小的脸蛋戏谑成什么"丰满的脸颊"。

我从爸爸来信的字里行间里能够感觉到他的心脏正在强有力地、有节奏地跳动起来,然而,信中所写的事实却实在无法使我接受。就算志乃的怀孕已毫无疑问,但她是那样的小心,为什么还会怀孕呢?这是我所费解的。莫非是她太想要孩子,在我不知道的时候,偷偷地开了禁？左猜右想，最后脑中竟然掠现出过去根本不曾想到过的带有侮辱志乃灵魂的念头。我心乱如麻。

我想，无论如何得尽早和志乃见面，反正，事实上我们在新婚旅行时的约定已经被毁弃了。我决不会像女人一般怯弱，相反，倒要以男子汉大丈夫的勇气，亲眼去看看志乃那不可思议的妊娠。在这种疑虑的支配下，哪里还有心情写论文！

翌日，我马上启程，赶回靠近本州北部的老家去了。

三

回到家，只见志乃独自一人躺在二楼。我故意粗暴地拉开纸槅门。

"喂，我回来了！"

志乃瞅着我，看着看着便泪水汪汪了。她从被窝里抽出双手向我伸来，仿佛是在求救。她握住了我的手，用大得出人意料的力气将我的手臂拉到自己身旁，然后搂住我的脖子低声说："原谅我，原谅我！"她像小孩子那样抽抽噎噎地重复着。

不知为什么,此刻,我产生了一种直觉:这件事不管意味着什么,都不是志乃有意蓄谋的行为,她是没有责任的。同时,我还意识到这十多天来,志乃为自己莫名其妙的身体异变而担惊受怕,她是多么提心吊胆地度过每一天的。

"我知道了,别太担心!"

说着,我拉开志乃勾在我脖子上的手臂,把她的头轻轻放回枕边,又仔仔细细地端详她的脸,心想:她确实变了。

我眼中的这种变化也许是头发造成的。她梳起了两个小辫,我觉得自己像是在看志乃小时候的脸。但是,她又缺乏少女肌肤的光泽,眼窝塌陷,脸颊消瘦了许多,宛如一个横遭蛮不讲理的疾病的侵袭,已经丧失了抵抗意志的少女。

"我接到爸爸写来的加急信,大吃一惊,实在想见见你,就回来了。看了爸爸的信,情况我基本上都知道了,可是……这是怎么回事呢?我们那么小心……"

"是啊,我也不明白……不过,躺在床上细细回忆,我突然想起有一次……"

"……什么原因?"

"暑假结束,在你回东京的那天……"

"啊!"这时,我险些叫出声来。想起来了,那是八月末我就要回东京去的那天傍晚的事。我感到血液一下子涌上了脸颊。

出发之前两小时,我在二楼房间里换衣服。志乃穿着蓝布的浴衣蹲在我身旁,把我的内衣装进皮箱。装完后上好锁,志乃依然蹲着,无力地垂下双手。

"真长啊!"她带着几分叹息说,"九月、十月、十一月、十二月,四个月啊!三四一十二,一百二十天。太长了,要分别这么久,还是第一次吧?"

"嗯。不过,久些倒帮了我的忙,今年我要写出毕业论文来啊!"

为了斩断自己对志乃的缠绵依恋,我这样说着,穿起了袜子。这时,我发现桌腿边有一支钢笔,便捡起来说:"哎,把这忘了,给我放进去!"

我转过头去,蹲着的志乃的背朝着我。忽然,我被她那背影所特有的想象不到的分量吸引住了。志乃默默地转过脸来,隔着自己的肩头凝视着我。不知为什么,她的眼神煽起了我的缱绻之情。我好像突然感到脸上冒汗了,于是做了个怪相,用笔杆去戳志乃的脸颊,这一来更驱使我扑向志乃。我猛地把手搭在志乃的脖子上,将她推倒在榻榻米上。

那是场性急的惜别,在匆忙之中马马虎虎地完事了。虽然我知道那天是志乃容易受孕的日期,但是,不光我,就连志乃也同样明白我是草率了事的,因此都没有特别介意。然而,即使我们自认为是马虎草率的,但我们的生理却仍在任意地发挥着它们的功能。

"真可怕,不该有一丁点儿的疏忽大意。"

我心中充满了苦涩和悔恨。

"是啊!我曾想,那次不至于一定有效,可是,根据医生的计算,可能性最大的是八月三十日和三十一日。你出发的日期是三十日,和我想到的是同一天。真难为情啊!"

说着,志乃苍白的脸上泛起了红晕,好像又自然地回想起当时自己感到的羞耻。然而,我们不能无休止地沉溺在后悔和羞耻之中。志乃的胎儿,现在还活着,而且无时无刻不在成长,这个事实使我十分心焦。

"算了,就算这次是失败了。问题是肚子里的小孩,你打算怎么办?"

"我吗?我不想生他,可是……"志乃直盯着我,令人吃惊地说得很干脆。这一来,我倒反而扫兴了。

"既然你自己想这么办,那真是再好没有了。不过,这样未免过于冷酷了吧!"

"是啊！自从怀孕后，我每天尽考虑这事。咱俩有过约定，再说我自己也不想生，由于我们的过失而造就的孩子，我总觉将来他怪可怜的。要生孩子，那就在咱们非常想要的时候再生吧。由于不小心怀上他，就得无可奈何地生下他，这是我难以忍受的……你觉得奇怪吗？"

"我不奇怪，这样好，我也赞成。"

"啊，太好了！不过，这次使我知道了，不管什么时候，只要自己喜欢，就能生孩子。这一次使我学到了许多东西。"

志乃微笑了，脸上露出了放心的神色。

当天晚上，我说服了父母亲。几天后，志乃在医院做了流产手术。

四

第二年三月，我好不容易结束了学业，回家生活了一段时间。六月，我和志乃一起又来到东京，在我学生时代生活的公寓里，开始迈出了新生活的第一步。

我们这对夫妇终于在结婚一年半后生活在一起了。可是这种生活从一开始就很艰难，因为我还没有工作。毕业那年我曾去参加了某报社的招工考试,考试之前不得不详细地填写家庭情况。但是,有关哥哥姐姐的生平,哪怕是一行字我都不能老老实实地写出来,就因为这一点,我放弃了考试。打那以来,我丧失了参加工作的意志。在这段时间里,我切齿诅咒时时刻刻纠缠着我的哥哥姐姐的阴魂,同时,也十分憎恨社会上拘泥于那些阴魂比注重我人格更甚的人。于是,我第一次认真立志:不管我身上缠着怎么样的亡灵,不管我是个多么无用的人,都要找到一个能够通过自己的工作来容纳我的世界。我着手把哥哥姐姐的生平一一写下来,并和志乃一起默默无闻地过着日子。可是,在当今的社会上,这样的生活在现实中是不被容许的。我们陷入了日益贫困的境地。

一年过去了。

夏天,我们贫穷到了极点。家里发来了父亲危笃的电报,我们几乎只是身着一套衣裳空着手回家的。爸爸患的是脑软化症,我们通宵不眠地守护了七天。通过看护,我详尽地看到了一个普通人是如何死去的情景。第七天早晨,爸爸理所当然地死了。

爸爸平平常常地死,给习惯于同胞兄弟异常之死的我以鲜明的印象。我认为,那是一种拯救。我感到以往对自己的亲人所抱有的自卑感骤然淡薄了,眼前出现了不可思议的光明。虽然这有欠谨慎,但涌上我心头的的确不是悲伤,而是喜悦之情。而且,一种想把爸爸平平常常的死讯去告诉给别人的欲望诱惑着我,使我不知怎么办才好。

爸爸刚死,我就跑到医院对给他治病的医生说:"他今天早晨终于死了。感谢您的多方治疗。"

我又跑到庙里去对住持说:"今天早晨,爸爸病死了。要麻烦您了。"

我竟以那么开朗的声调打着招呼,尽管连自己也都感到惭愧。

爸爸死后,还剩下六十八岁的妈妈、三十八岁的独身姐姐香代、志乃和我。

通宵守灵时,妈妈坐在我的正前方,显得那么弱小。

"往后能够依靠的,只有你了。你要坚强起来!你再有个三长两短,香代、志乃、我怎么办?除了闷死之外,还有什么生路?能够依靠的,只有你啦!我求你千万别学你的哥哥、姐姐们,行吗?"

妈妈说着朝我鞠了个躬,我看到她头上有块小小的圆秃顶,那是过去绾发髻的遗痕。然后,她步履蹒跚地向酒席走去。

我仔细地思考着我们这些活着的人所应该走的道路。那已经不是我一个人或者和志乃两个人的道路了,和我同行的有三个人。倘若我从那条路上偏离、坠落,那么另外三个人也会像连珠那样跟着坠落下去。我再也没有任何自由可言了,而我的哥哥、姐姐们是有过随心所欲的自由的。他们用白眼向我嘀咕:"你小子还活着,让你去做善后处理吧!"然后便自由自在地坠落了。但是,当最后残留的我这个小弟往后看时,身边除有三个女人外,已经一无所有了。她们眼巴巴地仰视着没有工作、异常贫穷的我。

我想,现在是该和哥哥、姐姐们的亡灵诀别的时刻了。我已经站在活着的人一边,对于我这个没有自由、非得活下去的人来说,再继续与这些哥哥、姐姐保持交往已经毫无意义了。细细想来,他们和我并不能说是真正的兄弟,只有在他们用白眼冲着我,要向我嘱托后事的时候,我们才是名副其实的兄弟关系。其他时间,他们只不过是一些病血的阴魂在缠附着我而已。所以,即使我和他们身上都有病血,但是,当我和他们诀别之后,仍然继续活在生者之中时,我的血液不还是和活着的人一样健康吗?

于是,我产生了力量,它不知是从身体的哪个部分迸发出来的。我想用这旺盛的精力办一件有益的事,作为自己坚决与哥哥、姐姐们的亡灵诀别的纪念,也作为我将率领亲属们去走一条希望之路的证明。可我真不中用,什么好办法也想不出来。

举行过葬礼的第二天,我整理爸爸写字台的抽屉,发现了一张信笺,上面写着男女姓名各十个。我把它给妈妈看,问她是否可以扔掉。妈妈抬起头来望着我,凄楚地一笑。

"这个嘛,嗜,你还在读书那阵,志乃怀了孩子,爸爸不是写过信吗?那时你爸爸说,小孙儿生出来要由他来取名字。他左思右想,好容易才想出那些个名字来。不过,现在已经没有必要了,扔了吧!"

我觉得心里像堵了什么东西似的难受,心不在焉地看着纸上的名字,于是,断断续续地想起了当时父亲给我来信中的话。最先想到的是他说的:"你爹我也是六个孩子的父亲""一天晚上,我擅自……"等词句。接着,"前所未有,大快人心的喜事"这句话,清晰地浮现在我的脑中。

就在这时,我决定要生一个我自己的孩子。我要借志乃的力量创造出一种新的血液,作为我与病血的亡灵们诀别的纪念。而且,要说无能,贫穷的我还能为苍老的、朝不虑夕的妈妈做点什么的话,也只有这件事了。

我从屋里跑出来找志乃,她正蹲在井边洗衣服。我站在志乃身后,双膝直打哆嗦。

"志乃!"

"嗯。"她回过头来。

"让你久等了。"

"……等什么了?"

"给我生个孩子吧?"

志乃惊愕地睁圆了眼。

"待会儿慢慢和你说。我突然想到要和你生了,行不行?"

"是真的?"

"那还有假!能开这种玩笑吗?"

我微笑着。志乃猛地转过脸去,又搓起衣裳来,她的脊背撼动着,溅起的肥皂沫一直飞到井槽对面盛开的天竺牡丹花上。

五

我周密地调查了志乃一个月的生理周期,选择了一个夜晚。

这一晚可以说是我和志乃的初夜,它是我们以夫妇的身份和明确的生育意志顺乎自然地迎来的第一个夜晚。过去,我们控制着自己的感情,等待着这个初夜。

这个夜晚终于来临了!

我们把卧榻打扫干净,在上面搁上了两颗心。在这个初夜,我对志乃怀着从未感受过的深深的爱。尽管我们并没有互相期望得到多大的欢乐,然而奇怪的是,我们得到的欢乐却超过了过去的一百个夜晚!

我为孩子祈祷了一瞬。祈愿结束后,我们短暂的初夜告终了!

从第二天起,我们就以无忧无虑的心情悠然自得地生活起来,仿佛完成了一件大事似的。接下来,只消等待志乃怀孕的征兆就行了。

我相信志乃会怀孕,这已不是预感,而是确信了。我不知道这种确信是打哪儿冒出来的。只尝试一次,就对不完全为人类意志所左右的生理巧合表示确信是十分可笑的。但是,我压根儿不怀疑那天夜晚由力量和欢乐所结成的果实。

自从那晚以来,每到晚上,我都远远地离开志乃身边,因为我担心对那晚欢乐的依恋之情可能会无情地浇灭寄宿在志乃腹中的新生命的灯火。我还担心,为了这盏不知是否已经存在的灯,我的淫荡之心会玷污志乃的身子。

志乃照样起劲地、快活地干着活,那模样使人明显地看出她内心十分踏实,似乎无论干什么都无须费劲。她那张小脸上焕发出内心的勃勃生机,丝毫看不到偶尔会显露出的忧虑之色。

见到这样的志乃,我想一定是一种母亲的意识在激励着她,这又是我确信志乃怀孕的一个依据。不过,她是怀孕者,大概偶尔也会产生不安的吧,有时她会来到我的桌旁,静静地坐着。这时,她的神色像是在深思远虑着什么,仿佛在洗耳倾听自己腹内的动静。每当这时,我就对她说:"没关系。你要相信,等着吧!"

于是,志乃微笑着说:"知道。不过,你是没什么,我可责任重大哟,哪能老那么满不在乎呢?"末了,还用下颌冲着我翘了翘,啪嗒啪嗒地拖着拖鞋走开了。

十天后,志乃出现了最初的反应,月经比平时早来了十天。她惊慌失措地告诉了我。志乃记得来了月经就不是怀孕,她还说,以前也因为偶然的小事发生过同样的异常。但是,不熟悉女人生理的我,正因为不懂,所以才相信这十天的差异并非异常。我感到有规则的周期突然产生十天之差的原因,似乎无法用"异常"这个词来解释。

又过了十多天,我们和琴姐的弟子们一起坐车去观赏高原的红枫。回来的路上,志乃闻到汽油味就呕吐了。

至此,已可以肯定志乃怀孕了。必须把这件事告诉妈妈,但为了慎重起见,还想得到医生的确认。有一天,我们佯装散步同去医院。

我决定在中途的长桥处等候志乃,医院在离河滩不远的地方。

"那么,我去了。如果不是的话,别责怪我呀!"

"怎么会责怪你呢,放心地去吧。"

志乃将薄纱巾的两端扎在脖子前走了。从桥旁顺着小路走向河滩,绕过那座山上有被人称作稻荷山神社的山脚。志乃的身影消失后,我就一个劲地抽着烟,从长桥的一端到另一端来来回回地踱步。烟蒂快烧着手指时,才急忙把它扔到河里,一种不知叫什么名的虫子像喷气机似的向烟蒂追去,就这样重复了好几次。

我等待了很久。

"喂——"空中传来了女人长长的喊声,我不由得向上张望,真没想到,志乃站在稻荷山山腰的枯灌木丛里。大概她是从山背面的医院抄近路来的吧。但是,这条近路的坡度很陡,而且盘根错节的树根匍匐在地面上。她真蠢呐!

"喂——"志乃又叫开了。

"怎么样啦?"我大声问。

"是这样——"

志乃举起了双手,做了个万岁的姿势。"我就猜到!"我叫着,感觉到自己的脸上也自然地浮出了笑容,一种想大声呼喊的冲动驱使着我。

"男的,还是女的——"

志乃愣了一下,马上把双手拢在嘴边,弯着腰喊道:"那还不知道呐!"

接着,志乃跑下坡来。我大吃一惊,想叫她慢点走,志乃向下跑动的身姿不由得使我看呆了。她脖子上的薄纱巾随风起伏,两袖尽情地左右摆动,衣服下摆失去了原来的模样。这大概是不熟悉穿和服的女人的跑法。我意识到自己已经了解了在山上奔跑着的志乃的巨大欢乐,她再也顾不上注意自己的仪表了。

"傻瓜,瞧你跑成个啥样!摔倒了怎么办?"

我苦笑着站在桥的中央,摆好随时能够紧紧拥抱住她的姿势。

回　乡

早春的一天黎明,我在一列向北行驶的火车窗边眺望着飞速倒退的原野风光,灰色阴郁的天空下,田野在黢黑中延伸,低垂的云团吞噬了原野的尽头。

偶然之间,附着在黢黑原野裂缝处的残雪上汇集了拂晓微弱的亮光,宛如浮云一般掠过我的视线,在车厢内昏暗视线的一角,浮现出妻子低垂着的苍白的侧颜。

妻子坐在我跟前的座位上睡着了,她捧着怀孕七个月的大肚子,低垂的脑袋随着火车的摇摆而晃动。昨天傍晚,火车从上野开出以后,或许是暂时由艰辛的生活中解脱出来,长时间紧绷的心情有所舒缓的缘故吧,妻子整夜陷入沉睡。此刻列车即将驶出仙台平野,不久原野逐渐地隆起,妻子醒来的时候,右边已是北上的山地,左边则是连绵起伏的奥羽山脉的群峰,田野变得狭窄起来。在那头山间细长的北上盆地的北端,正是我和妻子将要回去的我的故乡。

我们两个人一起回老家这已经是第三次了。

最初那次是三年前,还是学生的我为了和当时在小饭馆工作的妻子结婚而带她回了家。那时的我们感到十分新奇,怎么也无法抑制兴奋的心情,所以都没能好好地入睡。如今早已忘记当时说了些什么,或是为了什么而欢笑,总之,当时我们彻夜在窃窃私语,在一起偷偷地嬉笑,没完没了。

第二次是去年夏天,我已从学校毕业,在东京公寓开始我们俩的共同生活才一年多,接到父亲病危的通知后,仓促间几乎便匆匆踏上了归途。那时候,正值我们处在赤贫之中,旅费都无法凑够,费了老事去筹款,接到通知后整整花了二十四小时才好不容易回到老家。因为忧心于耽误的一天一夜的时间,在回去的火车上,我俩都没合眼。妻子祈望我们赶到前父亲能活着,而我却肆意认定赶不上了,莫名其妙地生气发怒。

这第三次的回乡是由于我们终于被贫穷击败,放弃了东京的生活、逃离大都会回故乡。妻子有孕在身,加上平时的劳累总在昏昏沉睡,令我忽然有点放心不下。然而,时时袭上我心头的败北感,对业已抛弃的生活的眷恋使我连打瞌睡都做不到。要是妻子没睡着,或许我们也会相对无语,两个人只会盯着田野里的风光发呆吧。

——这两年里,我究竟干了些什么呢?

——其实,其实,我是一事无成呐!

偶尔闭目养神时,我会在内心深处反复地自问自答,然后,等待着这个单调的问题问得厌倦了,就闭上眼睛,尝试自然地入睡。就在我的耳朵渐渐习惯轨道的节奏时,伴着轨道的声音,另一种"咔沙、咳嗦"的音响传来,好似落叶在风中翻滚那样,令我怎么都无法入眠。

那音响是放在水汀上的一个干燥的冰激凌空盒子随着火车的振动慢慢移动位置时发出的。冰激凌是昨天傍晚从上野出发时,掏空了几乎见底的钱包为口渴的妻子买下的。妻子眨眼的工夫就吃掉了一半,边说对不起边把剩下的递给我。我小小地啜饮了一口又还给妻子。妻子再一次说对不起,将剩下的全部吃完后,悄悄地把那空了的圆盒子放在暖气水汀上。

妻子无法像别的旅客那样满不在乎地将冰激凌空盒丢到坐椅底下。我完全知道那绝不是由于贪嘴而不舍,她所留恋的不是冰激凌而是那个空盒子。而且,舍不得那空盒子的妻子的内心虽然可怜却并不卑微。因此那声音再怎么妨碍我的睡眠,我也不想随便将它丢弃。

咔沙、咚咚、咔沙、咚咚。

那声响用只有我才懂得的声波不断地向我诉说。于是,我那黑暗的脑海里鲜明地浮现出那个冰激凌的空盒子,它浸泡在水中,缓缓地开始分解。圆锥形的筒状底座分离了,变成了圆形的卡纸;将圆锥形筒纸垂直切开,就成了扁平的梯形卡纸。把那圆形的和梯形的卡纸并排放在一起,眼看着它们的厚度和数量都在增加,很快堆积成数百枚、数千枚,成了两座高塔。而塔的高度达到某一点时,突然间纸塔变成弓形,随着哗的声响而崩塌了,飞散在我的整个意识之中。

妻子骤然呆立不动,低头望向那些四散飞落的纸片。

松开的包袱皮一下子从妻子手中垂荡下来。

妻子打开半坪大小的玄关和四席半大小的房间之间的拉门,叫道"我回来了"。她手里拿着包袱,一只脚跨过门槛,挺起因凸起的肚子而变得沉重的腰板并发出"嗨哟"的叫声,就在这时,包袱结忽然松开了。

半晌,妻子才长出一口粗气,自言自语地说:"啊,啊,这些要都是饼干的话才好呢!"

妻子二十四岁,和我结婚已是第四个年头了。这样一个女人用孩子的腔调说话还真是挺滑稽的,可是当时我对妻子的话却怎么也笑不出来。妻子已经有很长时间没有吃过点心之类的东西了。可是,她还是缩了缩脖子,对自己渴望得到食物的话语感到难为情,扑哧一声笑起来,去捡撒满屋子的纸片。底座归底座,梯形的纸片归梯形的纸片,两种纸片混在一起有几百枚之多,分别捡起两种纸片,实在不是妻子一个人干得了的。

"喂,不好意思,有空的话,帮帮忙好吗?"

妻子终于求援了。

我穿着和式的棉袍,坐在房间角落的桌子跟前。

"过去的老爷呐,"我突然开腔,"如果夫人怀孕,据说会在大厅里撒满豆子,让夫人捡起来。夫人就那样站着弯腰,一颗一颗地捡起豆子。人们以为那样会压迫肚子要不得,其实不然。因为每一次弯腰都会使肚子用力,肚子的肌肉会变得结实。而且,那样运动可以使肚子里的孩子不至于长得过大,今后能轻松完成分娩。在我的老家,如果老婆的肚子大起来,早晚会让她用抹布擦拭走廊地板。对于孕妇,运动是十分重要的,偶尔那样运动一下,其实也挺不错啊。"

"这么说,你也就是老爷了?哎呀,穿棉袍的老爷。"

"和式棉袍是隐居时穿的。"

说着,我终于站起身来。

"你就拣圆的,我来拣细长的。"

那两种卡纸是制作冰激凌包装器具的材料。妻子每三天一次由公寓步行约十分钟的路程,用大大的包袱巾包上,从那些永远陈旧、拥挤的小巷深处的人家运回来。然后放在窗前小小的饭桌上,不停地折叠拼装起来。

那是大约一年前妻子自己决定要开始做的副业。

"我出去工作吧。"

一年前的某天,妻子从报纸的就业栏抬起头来,冷不防地说出这样的话。正巧我们结婚时凑集的为数不多的存款用光了,贫困一下子摆在眼前。

"说要出去工作,去哪儿呢?"

"酒吧及咖啡馆之类的我不怎么有自信,要是饭馆的话应该可以,我有绝对的自信哦。"

妻子的意思似乎在说这是自己拿手的老行当。

"别说傻话,不行!"我打断她说,"现在你再这样做,那当初好不容易辞掉原来店里的工作不是毫无意义了吗?别胡思乱想啦。"

"可是,我一直这样待在家里感觉好浪费啊……"

"行了,就这样。你随意折腾,我可受不了。实在不行的话,我也有自己的考虑,你尽管放心就好了。"

然而,我并没有什么让家里糟糕的生计扭转乾坤的出色才智,讲了那些宽慰人心的话之后,日子一天天越发窘迫起来。

又过了十天光景,妻子外出回家后两眼熠熠生辉。

"大发现!"妻子打开玄关的房门说道,"我发现了可在家里完成的好工作。是在商场前面的电线杆上贴着的广告上看到的。我也真是,怎么没有早一点注意到呢。好吗?你就让我做吧。"

一问,才知道她要制作冰激凌的盒子。

"得了吧。"我说。

"哎,不行吗?可是,工钱很不错的哟。而且在家里可以随时抽空去做,完成的东西对方会上门来取,不会打扰到你的,让我做吧。"

然后,妻子告诉我说,她按照广告上画的地图很快地找到了小巷深处的人家,此事已经商定了。

我从未想过要靠妻子的副业来养家糊口,混到这种地步,我的心中是多么自责自卑啊。而妻子居然无法感受我的内心又是多么愚蠢,不过,当时我已经没有嘲笑她的余地。试想一想,哪怕处在同样贫困的境地,与依靠某种力量忍耐着艰难前行相比,什么也不干地就这么与贫穷耗着过日子或许会令人感受到数倍的痛苦、难忍及无地自容吧。

"真拿你没办法,那么就试着做做看吧。不过,只限熬过这段困难时期哟。"

"当然,我也这么打算。只要你说停,任何时候都会停下不干。"

次日,妻子马上领来了材料,占据了靠近四席半房间的外廊和不与走廊相连的地板房窗边的饭桌,紧张地开始工作起来。

第三天,自称是小巷深宅老板的络腮胡中年男子用自行车后架上的大箱子装走了组装好的容器。他经常用指尖笃笃地敲打地板房的窗玻璃,以与长相截然不同的温和声音叫妻子的名字。如果房间和地板房之间的拉门正好开着,妻子会急急忙忙地关上,然后打开窗户,一打、二打地清点着数量把叠起的长长的筒状容器放进横靠在窗户下自行车的箱子里。装完后,副业店的老板骑车离去。若是晴天他会说"好天气啊";下雨的日子里则说"好一场及时雨呐",他好像一次总得转上四五家人家去收货。

妻子开始做副业的时候还是早春,到了夏天,副业店的老板两天就过来一次,有时候甚至每天都会出现,他还是照例用指尖笃笃地敲打玻璃窗。

"你好啊,怎么样,进展如何?"

"今天不凑巧,还没做出多少。状态还行,就是杂事太多。"

"是吗,总之后面接不上了,还是要抓紧才行。还有多少没做?"

"还有七八十吧。"

"那么把完成的部分先让我取走吧。"

"那好,就这些。"

"哎,哎。"

躲在纸槅门后听着他们的对话,我忽然想到传闻中听说的流行作家和编者的对话。

"生意挺不错呐。"

老板回去后,我会不痛快地揶揄妻子,而妻子非常单纯地回答,"是吗,手指都做疼了啊。"

接着,又向饭桌转过身去,不停地做了起来。不知从什么时候起,妻子副业得来的报酬已经成为我家唯一的收入。即使是挣得多的时候,支付公寓的房租后几乎没有剩余,不过我们拖欠着房租,用那些钱勉强维持生计。公寓房东的老家和我一样也在东北,是位脾气好的泥瓦匠,他说:"贵贱流转,天下没有一成不变的东西。谁都有犯难的时候,先欠着吧!"

就这样,他允许我们把房租拖欠下来。

* * *

但是,我的心却因为妻子副业的日益兴隆变得愈发不安起来,高兴的时候并不强烈,可是消极怯懦时显得悲惨可怜。妻子安上盒子底座时,先将底座的卡纸摆放在模型台上,在上面套上圆锥形的纸筒并用手掌嘭嘭地拍打,那嘭嘭的拍打声深深地印入我的内心。同时,做好的叠成筒状的容器盒竖放在房间的角落里,我常常觉得看上去就像是一支巨大的铅笔。那时,那片巨大的铅笔林好像在责备我的懒惰,嘲笑我的无能,强迫我去勤奋,这种妄想支配着我。我想怒吼:"别拍了!"然而,如若停止拍打,生活也将难以为继。我感到胸口被烧灼得焦黑蜷缩,无地自容地奔向户外。

我们居住的公寓位于流经东京山手线近郊的混凝土沟渠边。我经过屋子背后的沟渠,过了小桥,步入竹丛内细长的坡道,登上了从前兵营营房所在的高台地。在那里,公寓所在的一带可以一览无遗,我家的窗户也能看见。我在崖边的樱花树桩上坐了下来,点着一支烟悠然地抽起来,同时俯视我家的窗户。

我是大学毕业前一年春季住进那栋公寓的,之前一直住在学生宿舍里,因为要写毕业论文想找一间安静的屋子才来到这一带,顺便拜访了住在附近的朋友,那朋友带我去见了他的熟人中间商。听了我的要求,他说正好有一个非常合适的地方,于是把我们带到沟渠畔的泥瓦匠的家里。

那时候,泥瓦匠家的房子不是现在的二层楼公寓,是座小小的平房,除了自家的房间以外,可以租给我的只有一间四席半大小的房间。那个房间还带有半坪的玄关,打开窗户就可以看到沟渠,沟渠对面可以看到小山竹林覆盖的高台地。

我最满意的是这儿幽静的环境,便马上决定租下来并付了定金。房东说想要一张名片,可我是一个贫穷的学生,根本没有名片。于是中间商就从笔记本上撕下一张纸给我,说就在上面写上身份代替名片吧。

然后,我就在那儿写上原籍青森县。

"是东北地区的啊?东北的男人相当不错啊。"

他在给我戴高帽子。填上走读的大学是早稻田大学,中间商转向房东说,"我说,他不是政法大学的学生,真是幸运。政法的学生对法律太熟悉了,他们会在合约里头钻空子,最后叫你无法对付。"接着我又填了法文系,"哎哟,是佛文①哪。将来回东北,要当方丈吗?难怪看起来那么认真。"

中间商洋洋得意地说。

就那样,我住进了那间房。那年一月,我已经结婚了,可还是决定至完成毕业论文为止与妻子分居生活。我在窗户上挂起了妻子做的绿色窗帘,独自在那里生活了整整一年。那时候,每次送来访的朋友到玉川电车站就折回,爬上这个高地回家,在高地上面就能看到我房间窗帘色彩鲜艳,而且,如同那窗帘一样我自身也满怀着新鲜的情感,充溢着希望,虽然贫穷却富有生气。

然而,现在又是怎样呢?如果不好好地定睛遥望,就无法分辨出我的窗户究竟在哪里。并不是因

---

① 日语中"法文"与"佛文"的发音相同。

为周围的窗户数增多了(自从毕业回老家,到重新携妻返回的数月间,泥瓦匠的屋子变成了颇为气派的涂饰砂浆外墙的二层楼房,而我的房间正好嵌在那建筑的边角上)。不光如此,窗帘本身也已褪色,不再鲜艳夺目了,整体变成好似受损枯竭的草汁一般的颜色。加上窗户缝隙中吹进屋子的风雨在窗帘上留下各种各样的污渍,脆弱得只要稍稍粗暴地拉扯,立刻就会被撕破。如同那块窗帘,现在的我既疲乏又贫穷。

我虽然从学校毕业,但是没有工作,每天对着写字台不断地写着小说,却完全没有变成稿费的迹象。即使如此我仍然不愿下定决心离开书桌,依靠报纸广告等外出找工作。也许就是现在正在写的故事,可能会成为优秀作品的微小的渴望把我绑在书桌前。这一个失败了,遗憾会驱使我去写下一个故事,若再次失败了,还是不接受教训,又一次重新开始。

我就像一头被看不见的缰绳牵着的驴子,被牵往的地点可能就是屠宰场,我并非完全没有这样的预感,然而依然一步一步地朝那里走去。既不想停滞不前,也不愿中途折返,真可谓不到黄河心不死。

* * *

我这个如此穷困的家对于妻子娘家在枥木的弟妹们来说却像是个乐园,他们总是轮流前来做客。妻子的双亲已故,因此对于他们来说我们成了替代其父母的存在。她的一个弟弟、两个妹妹,都管我叫"姐夫"。我是他们姐姐的丈夫,姐夫的角色毋庸置疑。可是,对于身为六兄弟姐妹的老幺,而且与前面五个兄姐年龄相差悬殊不知道兄弟感情为何物的我来说,被叫作姐夫实在颇为新奇,和他们像兄妹般地相处,让我感到极其新鲜的快乐。每当他们来访之时,就会感到我家那煞风景的屋子里因为充满健康、明朗的阳光而顿时变得格外亮堂。

内弟阿要二十一岁,是制作扫帚的手艺人,一个淳朴的青年,老实得令人心焦。他穿着天蓝色的肥大的西服前来,就像学生向老师提问似的认真地问我早就怀抱的有关城市生活的疑问。

"如果抽烟的话,真的会死吗?"

"河童这种动物真的存在吗?"

有的时候,他又会傻笑着说:"我收到了这玩意儿,到底该怎么办呢?姐夫。"

他取出一个淡粉色的信封,打开里面的信纸,上面抄着歌唱初恋的流行歌曲的歌词,还在歌词上标有一二的符号,最后一行写的是"这首歌曲如同我的心情——爱子"。

大妹小夜子三年前初中毕业,在枥木的老家干着家庭主妇般的工作,同时帮哥哥制作扫帚。性格极为开朗,说话嗓门很大,与其说是讲还不如说是在喊叫更为恰当。"我这辈子不结婚哦。"是她的口头禅。她是个可靠的人,善于精打细算地存钱,唯一的愿望是将来能开一家豆沙年糕汤店。

小妹多美在读小学六年级,特别腼腆,跟人说话时,有用手掌敲打对方的习惯,不然舌头就会不听使唤,最爱吃炸丸子和豆馅圆子。

阿要一般是一个人来的,可是小夜子大都带着多美一起来。他们来就会住上一两天,搅拌一下我家沉闷的空气。在他们留宿期间,每当快吃晚饭时我总是这样询问:"阿要(小夜子,多美),今晚,最想吃什么啊?什么都行,尽管说吧。"

之所以说得气壮如牛倒不是为了在他们面前显示做姐夫威严的气魄,只是替代留下年幼的弟妹而嫁给我的他们的姐姐,至少把这一顿晚餐弄得热闹一点。每当面对他们的时候,我总是无法摆脱自己夺走他们姐姐的内疚,然而夺走既成事实,我却还是不能为他们做些什么。我还不至于厚颜无耻到只想用一顿晚餐作为补偿,不过如今我力所能及的极限也就是如此了。

我听了他们的要求,估算了一下所需的金额,从书架上选出几本书。

"我去散散步,你们稍稍等一下。一会儿咱们再一起去澡堂。"

我和妻子交换了一下眼神就出门了,急急地走向附近的市场。

那个市场里有一家叫作"栎书房"的旧书店,我要处理书的时候,一定会去那家书店。老板是个额头宽宽、容貌秀丽的年轻人,可是他一般都待在二楼,下面坐着一个月牙眉、苗条的女人看店,像是老板的妻子。看到我拿着要处理的书进去,女人就掀起布帘朝二楼的方向叫唤,于是老板从吱嘎作响的楼梯上走下来。每次我都觉得他的面孔光彩夺目,而他看到我,也会行注目礼,仿佛在打招呼说您又来了,表情依旧光彩照人。

打我第一次在那家店卖书的时候起,就几乎确定他多半和我一样,也是一头被无形的缰绳牵着的驴。我并没有看到他面对书桌的情景,或许可以说是身为同类的第六感吧,总有那样的直觉。在他二楼的房间里有张书桌,他整天像我一样对着书桌写故事。妻子一叫他,就搁下笔走下楼来。有一次,看到从二楼下来的他右手指尖上的墨水而一下子使我的想象变得更接近事实了。

另一方面,他也有与我是同行的直觉。根据我拿去的书籍的种类,他一定早在我认识他之前就了解了我的"真面目"。于是,他常常以超越常识的高价买下我那些大都与流行无缘、几乎卖不掉的书。这么做可能就是基于对我这个同行的缘分,他给出的价格和其他书店相比高出了五成。我怀着既感激又过意不去的心情收下了那些钱说:"那就谢谢了!"

"也谢谢您的惠顾。"

相互轻轻点了点头,我就告辞回家了。因为已经相熟,我时不时会产生坐下来与他敞开心扉好好聊聊的想法,然而转念一想又生怕会打扰他的学习。再说像我们这等固执的驴子不互报家门或许更符合礼仪,于是便简简单单地道别离去。

就那样子我书架上的空隙越来越大,到第二年的夏天,最后只剩下几本书了。那几本书为了医治妻子严重的牙痛,要不了几天也不得不处理掉了。

我去栎书房的路上顺便在想,为了不让老板无谓担忧就什么也不说地等他定完价,再这样告诉他。

"其实,这是最后一次。至今为止,非常感谢您的照顾。多亏了您我解决了很多困难。此外,还想任性地提个要求,我的书尽可能地摆放在角落的书架里行吗?因为近期内我会寻机把它们赎回去的。"

我认为只有这样做,才是若无其事地回报他不露声色地对我释出善意的唯一方法。

可是,到了栎书房发现书店里的玻璃门关着,里面的窗帘都拉上了,还挂着今天休业的牌子。我很失望,心想那就明天再来吧。可是妻子的牙痛严重到这两三夜都无法入眠,已经超出了忍耐的极限。尽管对于最后这些书无法卖给栎书房深感遗憾,但还是无奈廉价地卖给其他书店后回了家。

和我的书架并排放着的妻子嫁妆衣橱的第一第二格都空了,到书架完全清空时,妻子的衣橱也彻底失重,只要稍稍用力踩一下橱边的榻榻米,橱门拉手就一齐发出声响,夸张地摇晃起来。

唆使取出衣橱里的东西去卖的人是我,但是把它们拿去店里却是妻子的事。妻子为了让当铺的审视更宽容些,主动承担了这个任务。由于以前工作的关系,她有较多的和服。她用包袱皮将和服一件件地包起来拿出家门,来到当铺的门前,一定会站停下来,闻一闻包袱里的气味,然后用头挑开门帘走进去。

然而,就在我们真正一贫如洗的时候,突然老家发来了家父病危的电报。我们绞尽脑汁地筹钱回老家,那时候的回乡就让我们竭尽全力,根本无法考虑回东京时的费用。父亲去世之后,我们在老家住了一百天。一来我们并非有什么特别的事情要办,二来父亲谢世后剩下的老母亲和姐姐对我们要离去也感到分外冷清和孤单。

待在老家的这段日子,妻子怀孕了。这并不是因为妻子生理上偶然的意外,而是我们两个共同的意愿。在如此贫困的生活环境中,还要主动去怀上孩子,乍看之下或许颇为鲁莽,不过我原本就是想通过这件事来感受自己的生存价值,才悍然鲁莽地决定那样做,希冀开创人生的新局面。学生时代结婚是那样,在东京度过失业贫穷的生活是那样,如今,又要生下自己的孩子。成功与否是次要的,首先,得先去实行,然后,再去遍尝人生。我认为这是自己唯一能够体验的生存方式。因为如果不去体验,我想自己就无法从与生俱来的血统衰运中逃脱出来。

我从父亲的奠仪中取出一半作为回东京的路费,到十一月底,待妻子的妊娠反应停止后,再一次前往东京。

*　　　*　　　*

回到东京的第三天,我们去了家附近久违的市场。

可能因为慢慢地习惯了贫穷,一旦有了钱,我们反而会不自觉地被迅速将其消费掉的欲望驱使,而且在大量想要的东西中,竟不知究竟该买什么,这种犹豫令人愉悦。我们从老家带出来的钱大部分用来归还当初回乡时勉强凑借的路费,手头还留下一点剩余的。

我和妻子决定用这些钱买下认为对方最需要的东西,然后相互赠送。反正是从一个钱包里拿出来的钱,那么,模仿那种大家口袋里都有零用钱一样的小资情调或许根本没有必要。然而,人在越来越贫困之际,为自己选择一件最想要的东西实在是件相当困难的事。

我送给妻子绒线围巾。很快就会寒风刺骨,可妻子没有御寒的大衣,垂髻发际的后颈部看起来冷得够呛。

妻子送了我一双新木屐,我穿的木屐齿都磨平了,变得薄薄的,在路上踩到小石子时,会像夹板那样弯翘起来。

妻子在市场的木屐店让我自己选喜欢的木屐,我选了一双看来很结实的铺竹木屐。妻子付了钱说:"马上就换上吧?"

"现在就换吗?总觉得如履薄冰,腿肚子胀得难受。"

于是,妻子转过身去,在新木屐的里面悄悄地吐了口唾液后说,"来,请吧。"

我穿上新木屐走出店去,心想,真奇怪。

"什么意思,刚才的口水?"

"是符咒。"

妻子低下头去,偷偷地嗤笑。

"什么符咒啊?"

"禁止用情不专。"

妻子红着脸笑个不停。

"做妻子的,真是可怜呐。"我苦笑着说,"丈夫已落到这般田地,还是不能够放心呐。如此赤贫的日子,女人怎么过呀!"

"不,女人不是只看重金钱的。"说着,妻子稍稍加快了脚步。

"是吗?"

"也有的女人对那种事无所谓,那种人才可怕呢。"

妻子不断加快脚步。

那样谈论着,我们来到栎书房的跟前。这才发现是错觉,栎书房不在那里。可能在更前面吧,我东张西望地四处环顾,走到了街道的尽头,可是怎么也找不到栎书房。我们又原路折回,站在原先是栎书房的店门前。

不知什么时候起那里变成一家叫作"魅力"的时装店了。

"真奇怪。应该是这里啊,问问看吧。"

我不知是在对自己还是在对妻子说,推开时装店全新的大门走了进去。

"我想问这里原来是一家叫栎书房的旧书店吗?"

店里一个注视着裸体人体模特、双手抱胸肤色黢黑的女子回过头来。

"哎,听说是的。"

"栎书房搬到什么地方去了呢?"

"具体的情况不是很清楚。"女子还是那样双手抱胸,脚下穿着一双看起来像是只兔子的拖鞋,好像在踱步测量地板的宽度似的慢慢走了过来。"听说是关了店铺回老家去了。"

"咦,回老家了吗?"

我惊讶得不由大声叫了起来,那个女子误会了我的意思。

"哦,您是来要钱的吧。同样的人已经来过不少啦。总之,好像是趁夜间逃走的。我是从房东那里转租的,房东嘛……"

"谢谢,可以了。"

我匆匆地致礼后走出店去。

"怎么回事啊?"妻子问。

"说是关了店,回去了。"

"回去了,回哪儿啊?"

"回哪儿,老家呗。"

说着,我感到一股贼风冷冷地灌进胸口。妻子抬头望着我,刹那间瞠目结舌,马上又眨着眼睛移开了视线。

"生意做不下去了吧。"

"也许是吧。用那么高的价格买了那么多我的书,该不会因之破产了吧。"

"不至于吧。"

我也觉得不至于,可心中还是隐隐作痛。

一想到栎书房留下欠债不得不离开都会,我就无法觉得此事与己无关。那个看上去有着聪明的面孔,或许与我志同道合的年轻老板和纤细苗条、眉似月牙的女主人的面容浮现在我的眼前。他们曾经拥有过一家书店,也同心协力地努力过,但栎书房还是只能离开城市。更何况像我们这种连指望收入的小店也不曾拥有,只能依靠着老婆做家庭副业而勉强维持贫穷生活的人家,前途或许潜藏着更加严峻的考验。妻子已近临盆,加上制作冰激凌容器的副业入冬后的收入也急剧减少,想到下一步的日子,腊月的街道显得越发萧索,我的身子不由得瑟瑟颤抖起来。

栎书房的结局仿佛在我们的生活中投下了一片不祥的阴影。

* * *

临近年关的一天,小夜子出乎意料地造访我家。她穿着红色的短大衣,拖着凉鞋,两手空空。

"你一个人来的？多美呢？"妻子问道。

"就我一个,呵呵。"她笑着回答,然后,在我面前双手撑地。

"欢迎回家,姐夫。马上就到新年了。"十八岁的小夜子说。

我不由得看看妻子,她还是那么站着,用严厉的目光俯视着小夜子。我打算把小夜子的话当作玩笑蒙混过去。

"是的,我们回家了。外出期间承蒙关照,谢谢了。"

"不,不用谢。东京的银根也抽得很紧呐。"

她板起女人的面孔,煞有介事地顺着我的玩笑,不过这措辞可不是一个少女该有的表达方式。

"小夜子!"妻子好像已经有所察觉,再也无法沉默,严厉地叫道。

"怎么了？"

"你来东京居住了吧？"

小夜子缩了缩脖子,俏皮地吐出舌头。

"说对了。"

"现在你在哪儿？"

"池袋啊,一家名叫'伯父炸猪排'的店。"

"什么伯父？那是家什么店？"

"不是说了是炸猪排的店吗？英语的 Uncle 就是伯父吧？所以就是伯父炸猪排啰。"

小夜子笑嘻嘻地说，妻子则无力地坐在榻榻米上。

"按理说……"

妻子说到这里一时语塞，求助似的看着我。

"为什么又去炸猪排店工作呢？告诉我们前因后果吧。"

我也吃惊不小，可还是尽量平和地笑着问。

"嗯。"

小夜子咧嘴笑着开始说起来。

——九月的某天，枥木老家邻近的阿姨过来对我说，初中毕业生帮着做扫帚实在是大材小用，不如到东京来工作。因为那阿姨不是坏人，我回答说只要哥哥和妹妹同意，可以去试试。我问阿要，他说，你爱怎么就怎么做吧，我很快也要去东京的。再问多美，她说好的，但是和我约定好初中的修学旅行要让她来东京。于是，阿姨便带我来到了东京。

"我呀，实在是太想工作了，每天心里都痒痒得坐立不安。"

战争时有一种拳击体操，就是用拳头在空中旋转比划的体操,小夜子双手握拳朝周边挥打比划着说。

"那么,伯父炸猪排店到底是家什么样的店呢?"我问她。

"很小的店面,老板三十七岁。歪戴着帽子(说到这里,她用双手在头上做出厨师帽的形状给我看),你知道他为什么总是歪戴帽子吗?姐夫。"

我有些不知所措地答不上来。

"因为他耳朵上面的头皮有点秃了(她掩着嘴爆笑起来),说来还真是好笑。老板娘三十六岁,有点儿啰嗦,但是个好人。他们有两个孩子。大的是女孩,小的是个男孩。只知道这些了。"

"嗯。"

我哼了一声,被小夜子直截了当、心直口快的气势压倒了。

"那么,客人呢?来店用餐的食客都是些什么样的人呢?"

一直默不吱声地听着的妻子终于开口了。

"你问这啊,"小夜子摊开手掌,弯起大拇指,"调酒师、流浪吉他手、夜总会的经理,每天都带不同的女人来哟。还有学生、流氓阿飞,再就是身份不明的人。"

妻子提心吊胆地听着,"哎,我说小夜子,就算想要工作,也不必上那样的店呀……"

"为什么?"小夜子全然不解地抬头看着妻子。"炸猪排店难道不正常吗?姐姐不也在饭店工作过吗?我不觉得料理店和炸猪排店有什么区别。"

妻子眨着眼睛,垂下了头。

"不过,像你店里那些可怕的人是不来姐姐饭店的哟。来姐姐店的是大学的老师、正经的商店老板和公司的科长之类的人……"

"还有学生吧?姐夫那个时候应该还是学生呢。爸爸去世的前一天吧,姐夫不是穿着学生制服来我家的吗?就这样,这样子的。"

小夜子学着当时我们两个拳头撑住双膝,无力地向前耷拉着脑袋的样子。

"别胡闹了,小夜子。"

妻子厉声叱责,眼看着她的双颊泛起了红晕。

"好啦,那个时候我确实是个学生,可是小夜子啊,我们并不是说大学教授去的就是好店家、那些流浪吉他手去过的就是坏店家。我们的意思是你还年轻,同样工作,环境可以说是十分重要的。反正是工作,比起那种阴暗危险的环境,光明、安全的地方岂不更好吗？姐姐同意你去工作,只是请你好好考虑工作环境。"

我一本正经地说完,小夜子也顺从地点点头说,"中学的老师也那么说过的。"

"你就别在那家店里干了。"

妻子说,小夜子的脸上露出不服的表情。

"不干的话,再回枥木去吗？"

"我觉得你还是回去的好,要是说什么都想工作的话,姐姐会替你找一个更加好的地方。"

"那样最好不过,可是我不想回枥木去,绝对不要。"

"为什么呢？再帮哥哥做一阵不是挺好的嘛,而且做扫帚也是一种相当不错的劳动啊。"

小夜子表情诧异地问:"哎,难道哥哥什么也没对你们说吗？"

或许是太出乎意料,她竟说起了枥木方言。

"说什么啊？"

"哥哥已经不做扫帚了,现在是在自行车店干活！"

"是吗？"

妻子倒仰着身子,和我的目光对视了一下。

"怎么,会那样……"

"为什么会,我也不是很清楚。不过你可以好好问问哥哥看。"

妻子瞪大眼沉默着,不久终于闭上了眼睛,长长地一声叹息。

那天晚上,小夜子教了我制作炸猪排的窍门后才回去,我和妻子首先商议了小夜子的事情,决定还是先得把小夜子从伯父炸猪排店里带回来,这一点我俩的意见是一致的。可是,在这岁末年初之际无论哪家店都忙得不可开交,勉强硬把她领回来恐会发生冲突,所以决计先将打算通报店老板,到正月十日再圆满地离开那家店,在辞职之前要替她找到合适的工作。而有关阿要换工作的问题,不直接向本人打听,是无法弄清其中原委的。

"总之,"我说,"今年咱就和弟妹们聚一下,在这间房里过年,把大伙儿召集起来吧。借这个机会,大家可以一起商量下今后的打算,我也有一些话想对大家说。就那么办吧。"

"弟妹们真是傻乎乎的,实在很不好意思……"妻子低着头说,"可是,如果凑齐五个人,花费会很大的。"

"大就大一点吧。过个和以往不同的新年。现在是咱弟兄们各奔前程还是连成一体的节骨眼。就把那东西处理了吧!"

"把那个吗?"

妻子皱着眉头,回头朝壁橱望去,那里有妻子放在行李最里边的我的最后一套西服。有什么人来家里找我商量创作小说的时候,我为了不至于过分丢脸才穿上它。如果把那套西服拿去当铺的话,好歹兄妹五人过个新年,混上两三天还是可以的。倒不是我对自己的工作已彻底死心,只是觉得暂时不会需要穿那套西服。

深夜,妻子给阿要写了封加急信,我给在同一条电车沿线的尼龙袜厂工作的老家远亲的女儿写了信,询问她们厂里是否招募女工。

"圣诞快乐,圣诞快乐!"

从渠沟的方向传来很响的嚷嚷声,那是喝醉的泥瓦匠房东的声音。

"哟,今天是圣诞节吗?"

"不是,明天才是圣诞夜哦。"

"哈哈。那家伙喝醉了,搞错时间了。"

"哎呀,已经过了十二点,所以正确地说已经是二十四号了。"

正说着,又听到大声吆喝的声音,仔细倾听——

"怎么样啊,我家那小子是十二月二十五日生的,和耶稣大人的生日是同一天吧。怎么样啊,圣诞快乐!"

我和妻子对视着,扑哧地笑出声来。

*　　　*　　　*

年三十的午后,阿要和多美从枥木来到我家。

"什么礼物都没有,只带来这个。请收下。"

阿要说着,交给我一把用报纸裹着的长柄楊榻米扫帚。打开报纸,见是一把只用绿线精心编织的精品扫帚。

"谢谢。还是第一次看到你的作品呢。太漂亮了。"

"嗨,我亲自做的,是不是很棒?"

阿要颇为自豪地说。

傍晚时分,小夜子也赶到了,我家呈现出不曾有过的热闹。晚饭的时候,我喝了一瓶廉价的热酒。学生时代,我来者不拒地豪饮,可是现在,酒量明显大不如前,只喝一瓶热酒也会轻易现出醉意。

"对了,阿要。"我揣摸着火候,开口问道,"听小夜子说,你好像不再制作扫帚了,是吧?"

阿要腼腆地笑着,瞪了小夜子一眼。

"是啊。"

"现在是在自行车店干活吗?为什么放弃制作扫帚呢?"

"扫帚已经基本由机器生产了,手工制作不再流行。再过两三年,所有的扫帚都会用机器生产的。那样的话,首先在数量上就已经输定了。手工制作扫帚已经完全跟不上时代,要被淘汰的。"

"你说得对。"我觉得理所当然,"那么自行车店又是怎么回事?"

"啊,那是附近自行车店的老爷子说要是闲着,不如来我这里帮忙,所以才去的。现在又换地方了。"

"那么,现在又在哪儿?"

"日立。"

"日立?日立的工人?"

"是的,车工。"

我对他如此频繁地换工作一事惊呆了,注视着他的面容沉默了好一阵,随后坚决地说:"我想在过年之前跟你们说清楚,我对你们只有一个要求,就是说,你们要出去工作是可以的,可是在出去之前得和我商量一下。我希望能这样,行吗?我和你们的姐姐生活在一起,对于你们却什么都无法给予,但至少可以让我们在你们做出决断时当当参谋吧。怎么样啊?"

说实话,我还真羡慕他们可以那样随心所欲地改变自己的生活方式。话是那样说,其实也是第一次偷偷感受到摆出兄长架势的那种愉悦。可是,弟妹们好像误会我在训斥他们,一动不动地低着头。我豪爽地笑了。

"喂喂,我可没有生气哟。有什么意见的话,说出来听听。什么都行,坦率地说吧。"

于是,阿要平静地抬起头来。

"说到商量,就算和姐夫商量也不会明白我的,和没有干过那种活的人商量,应该不可能明白的。所以我嘛,没法放心地和没干过那种工作的人商量。"

阿要脸上既没有轻蔑的神色,也没有逆反和嘲笑的模样,只有那双眼睛好像蕴藏着某种特殊的发光体一般熠熠生辉。他只是用平常的表情和平常的声音坦率地讲出了自己的想法。尽管如此,他那过分沉稳的声音还是重重地撞击着我的心灵。

"那么,不停地变换工作,又是为什么呢?"

变得逆反起来的毋宁说是我,而阿要依旧用那沉稳的声音说道:"像姐夫这样的大学毕业生即使不工作,就这样一直待在家里也能够生活下去,可是我们要不是每天工作,就活不下去,也没有慢慢选择各种工作的时间。工作不可能无止境地等待我们。我们是喜爱工作的,想要尝试不同行业的工作。在干的过程中,一旦能够找到自己最喜欢的,就会终其一生持续努力,这样不挺好吗? 我就想说这些。"

说着,阿要微微地缩紧了脖子。

我意识到在他们的内心深处,已将"要工作的是我们"和"无须工作的是姐夫"十分明确地区分开来,被他们当作生活在不同世界的人来对待,不由心情黯淡。在他们的眼中,我的非生产性的生活是多么的奇异。我承认自己虽是他们的姐夫,却无法成为他们的伙伴,于是感到一阵不可名状的寂寞。

"那么,如果换了工作及住址,至少告诉我们一下如何? 不然的话,我们就完全不知道谁在哪里在干些什么。一旦有事,就不好办了。"

我哪里是在享受什么兄长的乐趣,简直是恳求般地那样说道。不擅长写信的弟妹们面面相觑,缩了缩脖子。

——新年中,我致信的远房亲戚的女儿早早给我回信,她捎来了好消息。信中说,因为正月十五成人节时有四五个同事会辞去工作,也许能够推荐小夜子。我立刻去信恳求务必拜托,并按照约定,初十那天让妻子先去伯父炸猪排店把小夜子接回来。

小夜子和我们一起住了十天左右。其间,妻子陪着她到尼龙公司去面试,基本上得到了录用的私下承诺。

"太好了。"

"是啊,让你们费心了,真是对不起。"

"一直干到你嫁人为止,好好努力吧。"

"哎呀,我一辈子都不会出嫁的。"

就这样有一天,小夜子发出开朗的笑声,搬进了公司的宿舍。

*　　　*　　　*

大年初一后,我改变思路,开始着手新的小说创作。妻子再有半年就要分娩,这件事我真是心有余而力不足,除了接受母亲的好意让妻子回老家生产之外别无他法,而这部新的小说理当成为妻子回老家以后独自一人的我该如何生活的指针。于是,或许是过于美好的期盼,我想如果顺利的话,自己可以靠这部小说挣到妻子回乡的旅费和分娩的费用。

我没日没夜对着书桌热衷于那部小说的创作。小说的进展极为缓慢,不过也算一步一个脚印地接近了尾声。二月头上,某个熬夜的夜晚,居然因为忘了续添被炉的木炭而感冒了。不知这是不是一根导火线,过了四天,感冒慢慢地好转时,我忽然发起了将近四十度的高烧。

我以为是感冒卷土重来了吧,两三天内停止了每天的写作,就这么躺在床上,虽然完全没有了感冒的症状,可高烧就是不退。不久,后脑勺开始阵阵地跳痛。我很少因病去看医生,但那时总觉得心里忐忑不安,于是到附近街道的医生处就诊。那医生开始也简单地诊断为感冒复发,给我打针吃药,可热度还是丝毫没退。医生再一次仔细地检查后说,确实没有任何地方有问题,便表示说只能试着服用氯霉素胶囊看看吧。

氯霉素对我们而言简直是天价,而且,如此高价的药丸要求每隔六小时就必须服一粒。我向多次为我救急的家住目白的朋友告急,向他借了钱来买药。

目白的朋友每隔两天来看看我的情况。从他那儿听说我病了,学生时代的朋友们也一个个不停地前来探病。他们在我的枕边推测着发烧的各种各样的原因,有的说是结核病,有的说该不会是泉热病吧,其中竟有人恐吓说会不会是霍乱啊。我自己因为后脑勺的疼痛总不消失,担心会不会是大脑的疾病,所以被一种不安的情绪困扰着。原因和病名都不清楚的高热是多么可怕的东西啊,倘若这种叫人难以忍受的恐惧得以消除,那么无论什么疑难杂症我都甘愿忍受,不过只有脑部的疾病除外。

然而自从服用氯霉素的第二天起,高烧慢慢地开始下降,同时后脑勺的疼痛也日益减轻。过了十天,我可以对来探病的朋友胡侃一番了。

"我终于知道了,这个病的学名用俄语说叫什么呢,反正译成日语,就叫贫穷烧。根据文献记载,在发生地俄罗斯,陀思妥耶夫斯基也感染过。之后,又在欧洲蔓延,所谓查理·路易·菲利普……"

在被高烧折磨的这段时间里,我翘首盼望的就是星期天。周日是小夜子来探病的日子,由于来路不明的高烧而变得心灰意冷的我,每每被小夜子那健康开朗的性情感染,潮湿阴郁的心中就好似除却了湿气,开始变得干爽起来。

　　小夜子坐在我枕边报告她的日常生活,那可真是一首绝顶天真无邪的生活赞歌。小夜子打一早起来刷牙,都是快乐的。向同事道声"早上好",互相伸出三根手指,咯咯地笑着,还有三天才到星期天。而周六的晚上,小夜子总是难以入眠,瞅着有恋人的同事们全神贯注地用发夹卷烫头发,总会发出咯咯的笑声。星期天早上因为"太高兴了",会去上三次厕所,然后在电车里原地踏步。猛然有劲地打开我玄关处的房门,对额头上搁着冰袋睡眼惺忪的姐夫嚷道,"你好啊!"我听到小夜子那更像是叫唤的话声,热烘烘的脑袋里迷迷糊糊地怀念起早就被我不知丢弃在何处的那种享受生活的心情。

　　一天,小夜子像平时那样随便乱说了一通后,"这个是慰问你的",随后在门口放下一个长信封式的东西,逃跑似的回去了。妻子捡起来,一看里面的东西便哎呀一声叫起来。

　　从里面取出的是存折和一封信。存折里记录着一个十八岁的姑娘积攒的令人惊讶的金额。信上写着:

　　——姐夫,这些钱是小夜子制作扫帚、在炸猪排店和袜子厂打工攒下的,原来想要开家豆沙年糕汤店铺的,可是小夜子才十八岁,现在还不需要这些钱。因此,送给姐夫作慰问金。不用客气,请用吧。小夜子上。

"嘿,那丫头,还真干得不赖啊!"

我故意粗鲁地说,心中却在思忖,自己已不是迄今为止的姐夫了。一味抱有远大的理想,却没有任何产出的姐夫,正从才十八岁的勤劳工作的小姨子那儿接受存折。难道不花费那些存款我的生活就难以为继了吗?

"你好啊!"下一个星期天,小夜子照例前来探病。

"上次太谢谢你了。不过,有你的好意对我来说已经足够了。这个还是你自己好好保存吧。"

我刚要把存折还给她,小夜子却突然把额头顶着柱子哭了起来。我和妻子默默地注视着她,小夜子一下子转过身来,激动地说:"你们太见外,太见外啦!姐夫你不能这样做。不都是兄弟姐妹嘛!只知道批评指责我们,可姐夫自己是不是真的把我们大家当作你的手足看待呢?太不像话了。"

她的话打动了我,忽然感到心头一阵发热,我把存折抛到书桌上。

"我收下啦,不哭。"

然后,我翻身转向早已空空如也的书架方向。

三月初,我终于能够起床下地了。整整一个月,高烧无情地折磨着我。下地后,晕晕乎乎的头重脚轻。走起路来,膝盖哆嗦得厉害,全身不可思议地变得虚幻缥缈,恰似高烧融化了身体的主心骨一般。

起床后,每天晚上都不停地出虚汗,有一晚换两次睡衣的时候。要是连续阴天,睡衣不够,就借妻子的衬衣穿着睡,也有目眩和心悸的时候。我努力坐到书桌前,可是发烧前写下的东西却怎么也续不下去,高烧仿佛改变了我脑细胞的组织一般。夜深人静时,我呆呆地沉浸在生病前后的鸿沟里,附近澡堂会传来搓澡的男人将浴桶扔到瓷砖地面上发出的咚咚声。就在我听得出神之际,有时竟会趴在桌子上哭起来。

临近产期的妻子常常诉说腹部隐痛,请医生查看,说是恐怕会早产,给她注射了黄体激素。医生忠告说可能会比七月的预产期提早临盆,若是回老家分娩的话尽可能提早一些走比较安全。

四月里的一天,我郑重其事地对妻子说:"嗨,我还是和你一起回乡去吧。你这样的身体状况,谁知道将来会怎么样。迄今为止的生活之所以能忍受下来,完全是因为我们还算健康。我想,应像栎书房那样不如慎重些暂且回老家去待上一阵为好。一方面在老家养好身体,另一方面我想试着慢慢地写一部不计报酬的小说。如果孩子出生了,可以再回东京来。而且,下次再回来的时候,要一边工作,一边从容地好好学习。"

"真的吗?"妻子的眼睛一亮,"今天不会是愚人节吧。"

* * *

出发的日期定在四月十日。

我们借用小夜子的存款,整理好典当物品,然后拼出最后的努力,勉强凑足了钱,还清了拖欠的房租。又找来旧家具店的人卖掉了早已空无一物的衣橱、书架和餐具柜。桌子的一只脚是"假肢",但旧家具收购者也大度地一并收去了。最后只剩下两个小包袱和阿要送给我们的扫帚。我们奋斗了整整两年的结局是带着一把扫帚回乡。

出发那天的早上,附近相识的太太来访。我们与邻居几乎没有什么交往,只有这位太太在路上碰到时,双方都会相互行礼问候。太太省去了冗长的客套话,把一只扁平的纸包放在我们跟前,说道:"这个,让诞生的宝宝穿吧。为了能够赶上你们回乡的时间,很早就开始做了,因为我有一到九点就要早睡的习惯。昨晚总算缝完了,虽然只是一件粗品而已。"

这完全出乎意料的事,让我激动得面红耳赤。

"不,谢谢,不过,这可真是受之有愧啊……再说,孩子还不知道是男是女啊……"

"没关系,婴儿服男孩女孩都可以穿的。那么,请多多珍重。"太太说完就回去了。

打开纸包一看,里面是两件纯白的婴儿装。

"真是一份好礼物呀。"

"是的。"妻子点点头,眼睛红了。

轨道边的防雪林中,小雪像碎白点花纹般地飞飞扬扬。穿过隧道后,火车驶过铁轨的岔道口,车身开始摇晃起来。

"我们第一次回乡时也下着雪吧。"妻子说。

"嗯,是啊。再次回到当时的心情,从头开始吧!"

我们拿着小包袱和扫帚,迎着侧面猛刮过来的小雪走下列车。

团　圆

一

那套房是妻子找到的。一找到她立刻给在单位上班的我打来了电话。

"找到了,很不错!是新房,还没有人入住的公寓,有四席半和三席两间屋,还带有独立的厨房,租金五千五百元。再说定金和押金都不用付。怎么样?"

妻子的语气兴奋得发颤,颇为洋洋得意。

两间房租金只要五千五的确不错。我知道妻子带着刚学会走路的孩子,借着散步的机会,到处在找房,却没想到她竟能发掘出这等房源,不禁暗自惊讶。

"不赖嘛!赶紧付下定金吧。"

"嗯。"妻子应道,随后咻咻地笑起来。

"你笑什么?"

"其实,定金我已经付了。"

——当天下午五点,一下班,我途中毫不耽搁地径直回到郊外的出租屋,我们已被房东催着搬出此地。原本房东老太一人独居,与我们相安无事,可自打她的幺女携着比她小的男人回家后,事情一下子麻烦起来。不过对我们而言,这里本来就是我只身从家乡到这儿来工作时临时过渡的住处,后来由于并未筹集到搬家的资金,便就此把妻子也叫来出租屋同住。当孩子能站立行走,家中实在局促得不行,妻子便独自到处奔走打探,希望能尽快找到一个合适的新住处。就在妻子举棋不定的当口,房东下了逐客令,这才总算下定了迁居的决心。

回到家只见妻子已在做搬家的准备,将四席半的房间内摊满东西,女儿失去了玩耍地,人被放置在壁橱的上格,不知什么事好笑,独自一人乐开了花。

"对不起,摊得满屋都是。"妻子用这句话迎接我,"危险,危险呐,掉下来咋办?"说着,我赶紧跑到壁橱边抱起女儿。

自打女儿会开步走路转悠之后,我总觉得妻子对她的监护有所疏失。妻子是靠着母亲的直觉,颇有自信地照管孩子,然而旁观者看来,常常有让人觉得危险、提心吊胆的场面。我想让妻子更当心点,因为任何一点的不谨慎,搞不好就会毁掉孩子的一生。

"我觉得反正要搬,还是早一点好。哪一天搬啊?"妻子问。

"哪天都成。要不就明天?"我答。

我们决定还是先去新住处看看,于是赶紧开始做晚饭。

"真是一点儿也没想到。"妻子不停地往自己和孩子的嘴里送食物,一边讲起找房子的事来。

今天上午,妻子急急洗涤完毕,觉得有点累,便决定停止外出散步找房,坐电车去前方三站的站前市场购物,完事后觉得肚子饿了,问孩子想吃什么,女儿回答说"乌冬面",于是两人进了市场边上的荞麦面馆,要了清汤面。

店里的食客虽然不多,面却老也上不来,怎么会要这么久?妻子一再回头朝厨房冒着热气的小窗口望去,忽然间发现了贴在小窗上方用毛笔写着的"新建公寓"的纸张,其实在这之前她已经看到那张纸了,不过先入为主地认定是当季荞麦的广告,就没想看它的内容。妻子被吸引着站起来细看,只见上面写着:"新建公寓、四席半加三席、专用厨房、无须定金、租金五千五百元、日照良好、可带孩子"。

妻子一惊,赶紧朝小窗里问道:"请问这里写着的公寓是中介商贴的吗?"

里面一位老板模样的男子探出头来说:"不,是受房屋主人所托,今天早晨刚贴出的,还没有人问起,现在去应该没问题。"

说着,他还仔细地把去那儿的路线告诉了妻子。

"想想真怪,怎么拼命找也找不到,一不留神却轻易地找到了。事后回想起来真是不可思议!"

"这就叫运气好,碰巧了就是这么回事儿。"我附和道。

"是啊,真是撞大运了。当时女儿如果说要吃冰激凌,那也就没这桩好事了。"她突然摆出一副深沉的样子说,"运气好与坏,居然隔得如此之近。"

"世上的事情,本来就只是一纸之隔啊。"

听了我的话,妻子不再吱声,默默地给孩子喂饭,隔了许久,才冒出一句,"令人可怕。"

二

晚饭后,我们牵着女儿的手去看新房。

坐上下行电车,到第三站下,沿着横跨轨道线的宽阔的柏油马路步行十分钟,公寓就在那块住房稀少的地方。说是公寓,其实是一栋与路旁的点心店相连、后面并排有四户人家的大杂院似的房子。点心店老板是房东,妻子走进店里,不一会儿就和一个有腿疾的年轻女子一起出来,她便是老板娘。

"晚上好,请往这边走。"

她客气地照应着,从店旁的小路来到住房入口处打开玻璃门,进屋后又用手电照亮水泥结构的细长的走廊,一侧是盥洗处和厕所,另一侧间隔着窗户共排列着四扇房门。

"有四套房子,房间里的布局都一样。"

老板娘说着,让我们看了最外边的一户。打开胶合三夹板的房门,有半间①见方的三合土地面,对面隔壁也有一个半间见方面积的厨房,中间没设间隔墙,三席房间靠走廊,四席半房内有一间壁橱,而三席房内只有半间,门都是用夹板做的。我觉得房门只能用夹板,可壁橱门还是得糊上隔扇纸才行。墙壁呈淡天蓝色,拉开四席半房间的玻璃窗和防雨套窗,发现外面还有

---

① 间为日本长度单位,一间等于六日尺,约合一点八一八米。

一个窄窄的外廊。

"外面是庭院吗？"

"不，是通道。"

"是通道啊？"我有点不安地说。老板娘抢先说明，"是去后屋的通道，后屋人家的主人是个巡警。"

我在察看房间时，妻子站在门边的三合土入口处对背着的孩子说："宽敞的家哟。明天起这儿就是阿桃的家了，大家一起搬过来住。"

来到走廊上，我说："挺不错的呀。"

"是吗，那敢情好。"妻子显得很高兴。租房的事好像就这样定下了。

"就是这厨房实在太小了，活像个电话亭。"

"是啊。不过可以忍受，要说欲望是没有底的。首先，家里厨房用具本来就不多，这是第一次拥有自家的厨房，这点大小正合适！"

"哎，如此说来，以后就无法抱怨了。"

本来我和妻子都看上最里边的那套，可正巧厕所就在门前，所以决定租里面数出来的第二套屋。反正一家三口可以毫无顾忌地生活，哪套屋都一样。

我们准备第二天就搬，便急切地要回家。

回去时，我对房东太太说："眼下，租屋既不要定金又不要押金的真是少见呐,帮了我大忙了。"

房东太太笑道:"哪里哪里,同时规定不允许收定金押金。是个劳碌命,也没什么欲求。"

我觉得他们真是好人,便告别说:"晚安。"

"晚安。"

归途由我背着孩子,来到路灯间隔很疏的柏油马路上,房东太太叫住了我。"哎,你等等。"

"你们是回家吧?"

"是啊。"

房东太太用手掩住嘴笑了。

"你往那边走就到多摩川去了,车站该往这边!"她手指着相反的方向说。

"哎呀!"妻子说,"真是的。"

"是你在往那边走呢。"

"瞎说,我正觉得不对劲,你还那么自信地往前走。"

"是嘛。"

房东太太笑着退回房内。

我们重新调转头往车站方向走去,"差点儿就错了。"妻子说,"你呀,才是个方向感差的人呢,不知道要把我带到哪儿去。"

我觉得妻子是在开玩笑,语调都是调侃式的。不过,说不准她是把平时埋在心底的不安戏谑地说出来。总之,妻子的这句话已经冷飕飕地钻进了我的心底,这是我自己不曾料到的。

一定要过上好日子!我唐突地在心中念叨。

这是我迄今为止重复了几十次的愿望,对我而言,它始终是一种新的希冀。

重新开始,一定得过上好日子!

我把背着的孩子往上揣了揣,不知何时,她已经睡着了。

三

翌日虽然是个雨天,但我们依然决定搬家。

说是搬家,其实并没有什么大不了的行李,都是些轻便的东西:两个人的寝具、小柜子、碗橱、小桌子外加一只矮脚饭桌,小书箱及学生时代没舍得扔掉而保存下来的极少数的书籍(尽管很早以前我就丧失了阅读的习惯),还有女儿的婴儿车——大件的行李大概就是这些了。早晨,我请了附近搬运店的一辆带篷的机动三轮车,装满一车就完事,运到后从走廊把行李卸到四席半的房间,之后就由妻子去收拾整理了。我搭上返程的三轮车赶到车站,身为一个普通的公司职员,是不可能为工作日的搬家而请假的。

当天傍晚我回到新住处,屋里已经完全收拾停当。听妻子说,白天点心店的老板拿来租屋合同时,顺便也帮忙搬了搬家具。柜子和碗橱靠四席半房间的墙壁放,书箱和小桌放在三席房的窗边,矮脚饭桌放在四席半房的正中,家具都各得其所,还蛮像一个家的。

关上玻璃门,屋里充溢着一股木头的清香。

"新房子嘛,就是不赖。"

我的双手倒插在身后,在加在一起拢共七席半的新居中悠然地踱着方步。

"讨厌,活像个在抄家的刑警。可不可以把你的雨衣先脱了?"

被妻子一说,我才意识到该脱下雨衣,却不知该把它挂在哪儿。

"雨衣挂哪儿呀?"妻子似乎首次能随心所欲地泡在厨房里,回答说:"哪儿?墙上没有吗?"

要是她没钉过,根本不可能会有。

我要来锤子和钉子,想在三席的房间里找个合适的地方钉个挂衣钩,找着找着,发现窗户与门之间的墙壁上已经钉着一枚钉子了,看来是木匠为所需而钉,又忘了拔去。我有点儿生气:好一个粗糙的木匠,竟把钉子直接钉在墙面上!遂打算以榔头的羊角部分拔去那颗钉子。

抵住墙壁的锤子发出咕隆咕隆的声音,不像是墙壁该发出的声音。我仔细倾听,好生纳闷,便用锤子悄悄地敲打墙壁,嘭嘭。又用手指敲击,还是嘭嘭之声,再用指腹用力揉搓,感到纤维般的微微的起伏,凑近了仔细一瞧,原来这是夹板做的墙壁。

我大吃一惊,脸部的肌肉都僵硬了,大声地呼叫妻子。然而,我马上又感到自己的大声中早已带上了生怕传到室外去的顾忌。妻子面红耳赤地从厨房间跑来。

"你看看这儿!"我指着墙说。

"蟑螂?"妻子皱起了眉头。

"不是,再凑近点看看。"

"你声音怪怪的。"

我不顾一切地抓住妻子的手,把她的手掌按在墙壁上摩擦。妻子看着我,表情就像是小孩子在量体温那样。过了一会儿,才慢慢地将视线转到墙壁上,随后,她突然弹开我的手,将覆在墙上的手缩了回来。

"是夹板墙！"她目光锐利地注视着我说。

"就是。"

这时，我心中充满了只有碰到这种局面才会有的不可思议的平静，说起来或许可称之为低三下四的从容。有了这种心情，我所有的愤怒、悲哀甚至兴奋很快都消失殆尽了。这是一种甘愿逆来顺受、全盘否定成就的被动的胸怀。

"上当了！"妻子煞是愠怒。

"也不算上当，我们只是没留心而已。"

"不过，这墙壁做得可与真的没有两样啊。"

"这个嘛，或许就是老板娘的老爷子发奋苦心构思的成果，也许他们还认为实在做得太巧妙，不会有人会怀疑墙是假的呢。"

"真是想得美呀。"妻子的表情有点后悔。"你不觉得有点为难、窝囊吗？"

"感觉到了。"

妻子想大声嚷嚷，但她的声带已明显地受到了压抑，只能默默地呆若木鸡似的凝视着我。

我不是不知道夹板构筑的世界是多么的令人窒息、令人神经疲惫、又多么会扼杀生活的感动，然而，已经误入夹板世界的人同时也应该知道自己短时间内已无法从那儿脱离了。

"行了,先忍上一阵子吧。夹板墙至少不会动,比隔扇门还略胜一筹。"

这时,我听到隔壁有人在打喷嚏。但是隔壁应该还没人入住,当我们意识到那声音来自隔了两套房间的房东家时,妻子露出绝望的神情,用鸡毛掸柄轮流敲击屋内所有的墙壁,一一检查。

嘭嘭、嘭嘭。

见此情景,女儿兴奋起来,"阿桃也来敲敲。"说着,她用双手开始拍打只要能够得着的所有的墙壁。

嘭嘭、嘭嘭——

嘭、嘭、嘭、嘭——

我们一家人的团圆生活就这样开始了。

四

过了四五天,其他三套空着的房子都有了住客,先是入口处的一号室,接着是二号室,再就是跳过我们三号室的四号室,与厕所相对的四号室果然最后才有人住。

我无法知道那几家住户是事先知道墙壁为夹板所

制，还是一无所知就搬了进来，不过，即便是浑然不知而搬进来的人也该发现这个秘密了。之所以没有发生任何的纷争，大概是他们早就死了那个心吧。而且，他们的日常生活显得那么静穆，我想一定是他们顾忌到隔壁传到自家的声音、介意着隔壁人家通过夹板墙渗进的细微动静，各自绷紧了神经，扼杀了一切感情的缘故吧。

然而，唯有四号室例外。

四号室住着一个女人，她对周边的环境毫不顾忌、旁若无人的生活态度似乎已达到了自虐的程度，若不是经年累月亲密接触夹板壁的人，是不可能掌握这种技艺的。

她三十岁左右，小小的个头、肌肉结实、皮肤黝黑光亮。惠美这一名字是我在走道的盥洗处听她聊天时自称"惠美"才得知的。惠美喜欢说话，常在盥洗处逮住别的住客，用沙哑的嗓音喋喋不休地讲话。她常常提及横滨和立川，也许之前在那儿住过。

每周一和周五的傍晚总会有一个相同的男子造访惠美，这男子是位赭红脸膛的中年美国人，开一辆斑斑驳驳的天蓝色破车，从柏油马路上开进通往屋后的通道，在四号室的廊边停下，用大提琴贝司般的嗓音招呼惠美:"嗨,宝贝!"惠美出来后,以略带鼻音的娇声应道:"嗨,你好!"接下来的数小时,自始至终在爵士乐的陪伴下,他俩不时爆发出尖叫或爆笑,屋内洋溢着欢快的气氛。完后,男子又开着他的破车回家。

可是待男子离开后,惠美会做一件奇怪的事,她蹲在床铺的一角祈祷,不知她是面对着哪个人、在祈祷些什么。不过,惠美每次送走男子后总不会忘记祈祷。

我首次听到惠美的祈祷声时还以为她在哭泣,于是十分纳闷:刚才还那么欢快,怎么突然间会变得如此悲伤呢?听了几次之后才明白那听似哭泣之声会突然变调,变成静静的追述,忽而又变成对什么人的呵斥。男子离开后惠美的屋里理应没有他人,这么看来,她准是在自言自语。

与男子尽情欢闹后,像独自哭泣般祈祷、喃喃自语的惠美引起了我的好奇,不过又不能直接询问本人。次日早晨,惠美又像往常一样若无其事地在盥洗处兴奋地滔滔不绝、指手画脚地诉说、哈哈大笑、摇头晃脑地哼唱,怎么看也不像一个会在夜半沉溺于上演"独角戏"的女人。

一个月后的某个闷热的夜晚,那男人离开惠美家回去了。

每天晚上,趁妻子拾掇饭后凌乱的房间、铺设床铺的空当,我总会抱起孩子外出走走。这一天晚上也同样,我走出公寓,来到房东店门前的柏油马路上,再返回到房屋廊前的通道回家。不经意间发现四号室的防雨窗被拉开了一尺左右。只要那男子来访,窗户肯定是关上的。也许是当晚比较闷热,抑或是男子走后就有开窗通风的习惯,反正当时窗户是开着的。

我若无其事地走过窗前,边走边不经意地往屋里扫了一眼,看到惠美蹲在三席与四席半交界处的门槛上,面朝里将额头搁在占据了整个三席房的双人床上,看上去那模样就像是要钻进床底找什么东西似的。

我走到通道里边的巡警家门前,听到里面的狗叫起来就折回了,在走过惠美房前时,见她还是保持着刚才的姿势。

我很纳闷,回到家里又听到惠美的喃喃自语,就问妻子,惠美今天是什么时候开始的?妻子答,就在你出门时。如此说来,莫非惠美每晚都以那种姿势在哭泣般地倾诉、怨恨地自语吗?

我忽然觉得她的模样颇像祈祷的姿势,惠美就是那样对着床下在祈祷,当然我无法知道床底下有些什么,不过那儿是否隐藏着洋人走后非祈祷不可的什么东西呢？换个思路,可以说她屋里离洋人和其他人视线最远的地方就是床底下。

——自那以后,只要一听到惠美祈祷,不知何故,我就会从瞌睡中惊醒,也不顾中间隔着夹板壁,自愿静默着侧耳倾听。

真不知那是为了什么。

五

每天早晨八点前我就要离开公寓,到柏油马路对面的车站搭乘郊外电车到城市中心的公司去上班。那是一家不大的专营加急业务的卡车运输公司,我在发送科工作,已经干到了第三个年头。

之前是在出版学术著作的业务部供职,从学校毕业后就在那里工作,可出版社一年多后就倒闭了。我与妻子结婚就是在出版社工作期间,到它即将倒闭时,妻子已有孕在身,因为倒闭后遗留的业务尚需处理,所以我又留了一段时间。反正下一个工作单位还没有着落,总得先回老家,于是先打发妻子回去,随后自己回老家待了半年。在老家时,妻子生下了桃枝,后来找到了现在的工作。这次与回来时相反,我先到东京,妻子带着孩子之后到达。

现在公司的工作既不轻松也不紧张,最初时因为很不适应觉得有点辛劳。两年一过也就习惯了,如今一点也不觉得难做,不过也并不觉得愉悦,因为每天单调的工作不时会使人生厌。虽然并不累,但不情愿地干着是谈不上舒适。

我每天五点离开公司回家,上司和同事们嘲笑我是爱妻家,可是我觉得若把下班急着往家赶的男人当作爱妻,这简直叫人无话可说。靠近我家的电车站很远,晚上末班车又走得早,一不小心误了它就会很惨。在此前租住的房子居住时,有一次我误了长途电车,只好在一片漆黑之中从两站间顺着轨道线走回家,那天夜晚是应以往的同学之邀在闹市的酒家一家又一家地喝酒。

那位同学叫小池,我和他的关系并不怎么亲密,在学期间我们都是一伙慵懒的学生,有事没事就聚在一起,走得很近。但毕业后就是每年待在乡下的同学来东京碰次头。有一天小池打电话到公司来,说今夜会面,让你见一个人,我问是谁,他不说对方的姓名,只说是女的。

最终我被那女人钓去参加了聚会。小池把我领进平民区车站附近的一家酒馆,小得进去五个人就满,里面一个客人都没有,一位将头发束在后面的三十五六岁的女性坐在柜台里看报。

乍一见那女子时就觉得曾经在哪儿见过,可一时又想不起来。女子一看到我就嗨地发出熟悉的叫声,还直呼我的名字。我吃了一惊,小池高兴地笑了,对我说,怎么样?还是我来告诉你吧。不过还没等他开腔,我就想起来了。是女子那羞涩得不停眨动眼睛的习惯和鼻子下方散布的明显的雀斑恢复了我的记忆。

她和我们学生时代同学中一个叫樋口的男生曾经同居过一年多又分手了,我们五年前毕业,那是三年级时的事,距今正好七年。当时我和樋口一起见过她好几次,怎么也想不起来是因为她的变化太大。本来她就比樋口大上七岁,这七年间她竟又老又瘦变得判若两人,再说当时她在百货公司工作,打扮得相当漂亮,而如今却成了这么小的酒馆的老板。

我有太多的惊讶,"啊,原来是你呀!"我已记不起她的名字了。

"真是好久不见了,真叫人怀念。"

女人说着,依旧是那副羞涩的笑容。她将酒瓶中的酒注入酒壶,倒着倒着,大滴的眼泪不停地掉落下来,不过也就此而已。她若无其事地笑着准备好要喝的酒,不去擦拭眼睛,而她的眼睛也并不湿润。

这是一种心情愉悦的哭泣,就像那种一倒下就发出鼾声,被人一叫立刻就醒的善于睡觉的人,这女人恐怕就是个善于哭泣的人。这本事可是其他任何人都学不会的。

我心想,她被樋口甩掉之后可没少吃苦啊。

我虽然心神不宁,却又不便像到场应酬一下就要急急打道回府,所以一直在小酒馆里磨磨唧唧。然而,我们在场的时间里,她绝口不提樋口的事,所以我们也只能作罢,放弃了一切与樋口相关的话题,胡侃一阵后就回去了。

告别小池后坐上通往郊外的电车已经相当晚了,我粗枝大叶地以为搭乘的是和上次相同的班次,可那辆电车开到我家的前两站就停下,说是已到终点。而且,之后再也没有往前开的电车了。我万般无奈,决定沿着铁轨走回家,一来铁路线是贯穿原野到家的最短距离,二来也不用担心迷路。

那晚没有月亮,脚踩靠着星光略显发白的枕木走着走着,忽然想起樋口前情人滚落的泪水,再次感到那泪珠之大。现在,她可以那样随哭随停,只字不提过去的任何事情,可以前她应该是个很会哭的女人。

我不知道樋口与她是怎么认识、相爱的,待我发现时,他俩早已在樋口租住的公寓内同居了。到他们的住处去,看到樋口摆出一副丈夫的派头随心所欲地行事,而她却像对淘气的小弟弟一样一副束手无策的样子,脸上总是挂着一筹莫展的微笑。不过外人看上去,两人的关系还是相当美满的。

过了一年,有一天,樋口自称是结婚纪念日,邀我和小池去他们的房间做客。我们到时女方的客人已来了三位,两位是百货公司的朋友,另一位是女方小时候的同乡,她来大学旁听夏季课程,据说是小学教师。我记得那小学教师是个脸蛋胖乎乎、双目明亮的美人。

那天夜里大伙儿吃喝到很晚,然后一起杂居共枕,三席和六席的两间屋,主人夫妇占一间。三席房,其他五人一起睡在六席房中。那是八月一个闷热的夜晚,不需要很多盖被,我和小池铺下一块毯子便倒地而睡。

次日早晨醒来,我发现自己宿醉得厉害,便独自跑到厨房去喝水,这时樋口也起来了,他凑近我耳边告诉我:"得手了!"

我盯着他的脸问:"你说什么?"

"我和那个老师搞成了。"他调皮地笑着说。我问他何时搞成的,他说就在昨天晚上。我笑道:"不可能吧!"但他固执地坚持说是真的。我问,在那间多人杂居的房间里,你是怎么搞成的?他哧哧地笑而不答。我又问为什么会发生这种事?他说,我也不知为什么,那就是最终的结果。我再问,你那么干被老婆发现了怎么办?他答,船到桥头自然直。不过,她是否发现可不好说,反正昨夜她始终面朝衣柜睡着。

我哑口无言,死盯着他看。

一周以后,樋口和同居女伴分手了,我不知道她是不是知道那天夜晚樋口和小学教师所干的事,但樋口移情小学教师肯定是个原因。到底是樋口主动移情,还是小学教师勾引也不甚了了,反正他们俩分手三天前,她一说话就流泪,好像不哭就不能说事那样。

樋口和她分手后,常常和小学教师相会,不过也就维持了一个夏季,教师回到乡下的学校去之后,他俩的关系就到头了。之后,樋口在自己的家乡成婚,现在成了最年轻的市议会议员。

而她之后经过何种途径才开了平民区那家小酒馆就不得而知了。

说到底,他们终究属于一时冲动的肌肤相亲关系。

——走了许久,我突然发现脚踩枕木的声响变了,原来枕木上清脆的脚步声似乎一下子模糊起来,不知反射到什么地方去了。我奇怪地看着脚下,看到枕木下不是大地,而是倒映出星空的黑漆漆的水面。

　　不知不觉中,我已走在铺设了枕木的桥上,要是不注意的话,就会这样走过去。然而,我的脚突然成了木棍,如一根竖着的枕木那样呆立着不动了。

六

　　"请你原谅我。"

　　我在整理倒闭出版社的残留业务之时,妻子冷不防地写来了信。为了生桃枝,她已先回了我的老家,我也正准备随后赶回去的当口,却收到了她的长信,开头就是这句没头没脑的"请你原谅我"。

　　我从出版社回到家,解开了外套的扣子,站在房间的电灯下读她的来信。

　　"我很犹豫,不知道是否应该把这件事告诉你。迄今为止之所以对你只字不提,说实话是因为心里害怕。我坚信,这种事情与你我的生活完全无关,也不应有关,不过我又非常非常地担心,若任其发酵腐烂,是不是会影响到我们即将出生的孩子,令其长大后留下不良的记忆,我觉得不该让你的孩子背负这种回忆。近来,只要肚子里的孩子一动,我就只想着自己应该尽快把真相说出来,不要让它成为谎言或令人讨嫌的记忆,好像是肚子里的孩子在催促我一样。不必多想,此刻我能诉说真相的对象除你之外别无他人。向你倾诉是否正确也使我烦恼良久,我再也无法忍受下去,决定和盘托出。冷不防说这件事,你一定会感到吃惊的,不过还是得请你细听。"

打下这样的铺垫,妻子大概要告诉我自己的过去。

原来,妻子在与我结婚的前一年夏季与一个男人发生了肉体关系。

妻子曾经在我之前工作的出版社附近一家名叫胡桃屋的饭店当收银员,而我们社总会借胡桃屋的二楼做见面会的会场,最初我也会隔三差五地去吃一顿廉价的午饭或喝杯咖啡,自然与做收银的妻子熟悉起来,那时我二十四岁,妻子二十岁。

我喜欢上她以后,反而不去胡桃屋了,改成在外面与其约会,那年夏天我提出求婚,秋天举行了婚礼,不久,妻子就怀孕了。

在与我相识的前一年,即她十九岁那年夏天,妻子与胡桃屋的厨子中冈发生了肉体关系。

"那是我不堪回首的过去,要写下来很痛苦。"她写道。从我的角度说,那时她还不是我的妻子,所以我就用她的原名"房子"来称呼她。

房子与胡桃屋老板是远亲关系,因家庭原因在老家的定时制高中中途退学,被胡桃屋招来当收银员。房子来时,中冈已住进店里,厨房里有四个男人,女服务员有十人,女孩子们每天上下班不住店,几个男人都住在厨房隔壁的房间里。

中冈约莫三十岁,高个子,瘦长脸,眉毛很浓,厨艺很好。他完全是个沉默寡言、面无表情的人。除了吩咐年轻的厨子干活及回答女服务员的订单时说的"知道了"之外,几乎不说其他任何话语,且极少露出笑容。房子对这样的中冈起初感到害怕、不快,却又觉得他是个靠得住的不可思议的男人。而中冈也不同寻常地有时只对房子说几句简短的话,他会出人意料地眨着慈善的眼睛露出微笑。之后,房子渐渐被中冈吸引,到翌年她十九岁时,尽管极其模糊,却也对中冈产生了一种有所期待的情感。

正值梅雨最盛时节的一天晚上,打烊后,房子把当天的营业款和账单送到老板房间,再上二楼去巡视。

饭店关门后的整理由上晚班的女服务员担当,可也有疏漏的时候,所以房子承担了巡视确认的任务。

房子正在二楼一一确认窗户的插销,忽然断电了,是有人关了开关。

"谁啊?"

房子责难地问道,回头一看,黑暗中一个高个子男人快步向她走来。当明白来者是中冈时,房子比恐惧先意识到的竟是该来的终于来了的莫名感觉,不由吓了一跳。

"干什么呀?"房子鼓足勇气质问。绕到她身后的中冈猛然抱住她后背,房子完全没想到这一招,喊道:"不要!"房子大惊失色地晃动肩膀,没想到刹那间,中冈的手不知从哪里,又是怎么进来的,一下子直插房子的下腹部。房子不由啊地叫起来,收缩起腹部,屁股却撞进了中冈结实的大腿间。

中冈执拗地试图钻进去,房子则拼命弯起身子,夹紧双腿,两个膝盖摩擦似的抵抗着。两人的身体就这样贴在一起激烈地战斗。幸好,中冈最后缓慢地退了出去,没能如愿。

房子挣脱出来,并不想立即走开,她收缩着腹部,并拢双膝,像兔子一样蹦跳到开关边,顾不上被对方看到的羞耻,首先要拧亮电灯。灯亮了。

中冈用来袭时判若两人的迟缓,慢悠悠地走过来,突然冲着房子笑出声来。

"你要告诉谁,就请便。"说着摇晃着脑袋下楼去了。

房子满怀着悲哀的心情,她知道中冈想要什么,但那不是自己所期待的。

房子马上跑进二楼后面的房间里察看,橡皮裤带被扯松了,不过幸好没有受伤,她松了口气。

那以后,房子对中冈十分警惕,打烊后的巡查请夫妇俩住在隔壁的表姐一起去。而中冈呢,打那以后又恢复了原先的沉默寡言,好像压根儿忘记了那晚的粗暴,与平时一样对房子说话、冲她微笑。与人为善的房子甚至觉得他那次的暴行恐怕不是一时之鲁莽,而是一种性急的表现。但马上又自我否定,若真是那样,再性急的人也会先从胸部开始,突然从背后搂抱住腰,还是给人以异常的感觉。

其实,中冈事先可以给自己打个招呼,一声不吭地那么干,究竟是做何打算?

房子百思不得其解。

又过了两个月,晚了一个月的八月的盂兰盆节那天,令人作呕的日子降临了。

老板夫妇带着孩子去邻县扫墓,表姐夫妇听说也回信州的老家去了,店里临时歇业,房子和帮手老太留守,厨子们好像一早就去闹市了。

事情发生在那天的正午。

为了收进晒台上晾晒的衣物,房子走到二楼走廊尽头的门边,脑袋冷不防被坚硬物击打,她反射性地回头一看,中冈伫立在那儿。一看是他,房子一下子丧失了逃走的念头,软弱无力地在走廊上蹲了下来。天旋地转,脑袋整个儿麻痹了。

房子被拖进了表姐的房间扒了个精光。中冈掰开她的双腿,扑到她的身上。房子想做些抵抗,可使不上劲,而且竭尽全力地一挣扎,浴衣的腰带就松开了,中冈把浴衣往上推,用力顶住她的胸脯,房子气都喘不上来。

突然一阵疼痛从房子体内直达背部,刹那间中冈沉重的躯体压住她的胸口,那只是一瞬间,接着,中冈的身子已滚到一旁的榻榻米上,然后他爬行似的逃出房间。

房子好不容易撑起身体,这模样实在太难看了,叫人痛彻心扉。她赶紧并拢双腿,一时间抱住膝盖垂下了头。随后,重振精神,小心翼翼地检查起来。房子有微量的出血,大腿内侧黏黏地沾着白色浑浊的液体,虽然房子不知道那是什么,但一看到那东西,就有一种莫名的安心。之后,她静静地躺下,不知何故,泪水不断地涌了出来。

"请你原谅我。请你相信我。请你忘了它。"妻子最后这样写道。

七

孩子的生日到了。

我和妻子的生日总是会突然来临,而孩子的生日真的是缓缓而来,像是从久远处一天天地挨近。妻子总是几天前就在心中做种种准备,一旦到了那一天,却不见什么大动静。

那天适逢周六,白天去公司时,我顺便到百货公司拐了一下,买下妻子吩咐的孩子玩的人偶,就是那种脱去衣服可以带进浴室一起洗澡,能随意换衣服,解开她的金发辫子可以为其梳头、编小辫子的洋娃娃。坐在电车上,每当将包装盒换手时,盒子里的洋娃娃就会哭出声来,而且哭声还挺响,吓人一跳,真叫人尴尬。

145

妻子在矮脚饭桌中央竖起三根绿色的蜡烛,再放上生日蛋糕,周围尽可能放上购买的孩子喜欢的东西,然后让我们就座,并用火柴点着了三根蜡烛。

"阿桃,噗地吹灭蜡烛吧。"

妻子噘起嘴,做出吹气的样子。孩子不解其意,轮流看着蜡烛和我的脸。

"来,吹吹看。"我对孩子说。

孩子闭上眼猛吹一气,可还是只吹灭一根。

"应该一口气吹灭。阿桃还没吹灭,那就一根一根地吹。"妻子对谁都要讲道理。

孩子吹灭了一支蜡烛,眼睛熠熠生辉。吹第二支时由于过于振奋,吹灭前差点儿烧到鼻子,急忙往后躲开。过生日烧伤鼻子会成为笑柄,于是,我和妻子一人一支吹灭了剩下的两根蜡烛。

"好,祝你生日快乐!"

"生日快乐!"

孩子摆弄着娃娃细细的手腕,腼腆地露出笑容。

就这样,桃枝三足岁了。

我羡慕孩子的幸运,喝下两瓶啤酒。我没有天天晚酌的习惯,很快就喝醉了。

饭桌上的食物差不多被吃光时,我提议:"好吧,接下来我们一起去洗澡。"

"你行吗？醉成这样。"话是这么说，妻子还是开始做洗澡的准备。

从孩提时代起我就喜欢洗澡，妻子的喜爱程度也毫不逊色。我们久住别人的房子和板壁房，深知去公共澡堂洗浴是多么方便，同时那还是我们家宝贵的团圆时光。我们朝原野对面高高矗立澡堂烟囱的方向走去，感觉身子一下子变得轻盈起来，妻子的表情也异常生动，滔滔不绝，令迎面走来的人感到诧异。孩子想放开手脚独自向前走。而且难得的是，看上去那么遥远的澡堂烟囱，一旦朝着它开步走，它竟会慢慢地退向原野的尽头。

孩子说要带今天刚买的娃娃去澡堂，要在平时，父母要尽量减轻负担，妻子一定会给孩子演戏请洋娃娃看家，但是今天是女儿的生日，所以决定表示同意，不过，娃娃要她自己拿。

走出公寓已是黄昏，柏油马路上的篝火烟雾缭绕。

走了一阵，路边没有人家了，道路两侧是收割前尚未成熟的麦田。一到这儿，女儿开始对带着洋娃娃去洗澡有点后悔，因为以往在走到麦田石子路的地方，女儿可以用两只手分别牵住爸爸妈妈，叫着"一、二、三"

像荡秋千那样玩上好几次。

"妈妈!"孩子抬头看着妻子,已经露出不满的神色。

"你不是拿着洋娃娃吗?"妻子故意做出不起劲的样子,像是在说,瞧,没法子呀,一只手怎么荡啊?

孩子一脸的不快,瞅着空着的那只手掌。

"散步回家。"这句话浮现在我的脑中。

它是跳集体舞时,领舞者拍着手朝围成圆圈的舞蹈者所说的一连串话语中的一句,我不跳舞,但是有一次看到人家跳过。

那是搬到这儿来之后不久的一个星期天,我穿着和式棉袍四下闲逛时看到的。

从柏油马路拐进一条小路,穿过农舍,前面的树林中传来《草地赛马》的轻快旋律。

"怎么回事?"侧耳倾听,还听到许多人的鼓掌声。

"在跳集体舞呐,那边可能有个公园。"我思忖着,加快脚步去树林看个究竟。原来,那不是公园,是一幢外表草青色的西式建筑,屋前开阔的草地上,五十多位青年男女和着班卓琴的伴奏乐正在跳集体舞。音乐指挥者胸前挂着班卓琴拍着手掌。

"来,说几句。"

"是,散步回家。"

舞者们一连串的叫声中,语尾带着独特的抑扬顿挫的音调。

跳舞的年轻人不论男女,人人都穿着五彩缤纷的装束,体态轻盈地奔来跳去,张张脸上满面喜色,不见一丁半点的羞涩、卑怯、拘谨和逡巡,光滑红润的脸上充满了由衷的信赖和体贴。

我双手交叉插在棉袍里,在栅栏外目睹着这一切,"这才叫大团圆呢。"我压抑着奔涌的羡慕之情回到家中。

"散步回家"这句话从那时起就隐藏在我脑海中,而每当我们团圆之时,它又会自然而然地被唤醒。

"嗨,桃枝,散步回家吧!"我对女儿说,她抬头看着我,咧着嘴笑。

"用这只手手?"她高举起空着的手。

"对了。"

"洋娃娃呢?"

"爸爸帮你拿。"

孩子把沉重的负担交给我,乐得哈哈地跳起来。

"你说的回家是什么意思?"妻子问。

"就是手牵手单腿交替跳着走。"

"阿桃还不会呀。"

"没关系,做个样子嘛。"

正规的跳法应该是拉住对方的双手,身体向一侧前倾,单腿交替跳步,可是我抱着洋娃娃,只能以一只手从简。

"来吧。"我拉住孩子的手。

"怎么跳?"

"这样跳。"

我呱嗒呱嗒地跳给妻子看,她放声笑起来,孩子也饶有兴趣地蹦跳起来。

"好,准备,开始!散、步、回、家!"

我换腿向前跳行,孩子也哈哈地笑着跨步向前跳着跑。

"散步回家。"

孩子有点吃不消了,两只小手拽住我的手悬挂着。我提着她,"嗨哟!嗨哟!"地喊着号子,高高地拎起,将她送往前面,她的脚一触地,又将她拽起。这没什么,以往和妻子两人拽着她荡秋千,现在变成由我单独完成了。孩子笑个不停,落地后没有再站起来,我也想停下。

"再来一下!"

"好,来吧。嗨哟!"

我俩不知什么时候起,手牵手地奔跑起来。

"危险!"身后好像传来了妻子的叫声。

可我被孩子的笑声鼓动着,让她如贴着地面飞行似的,不知不觉加快了步伐。突然间发现女儿完全悬在空中,在我意识到这样不妥之前始终在加速。

"太危险了!"

我预感到危险,想放缓脚步,然而,此刻危险已经降临了。

突然,有什么东西触碰到我的小腿,这种感觉出现的刹那间,我视线一转,便猛然跌倒在柏油马路上,全然不知发生了什么事。只清楚地记得被我侧腹压住的孩子的柔软的躯体在起伏,就在我视线近处的孩子的眼睛,一时间瞪得老大。事后一想,才发现是由于突然减速,而悬在空中的女儿的脚仍在惯性中前行,这样就和我的脚缠在一起了。

于是,我一下子清醒了。自己就像以柔道搂着对手的姿势倒地,把孩子揽在腋下,而我的肘部则牢牢地支撑在地上。我自己不大有意识,却总习惯突然撑起手肘,要是不撑的话,大概我全身的体重都会压在孩子胸口的。

151

我站起来,妻子飞速地跑过来,看也不看地抱起倒地的孩子,不停地叫着她的名字,用力拍打她的屁股。这时我才感到害怕,本来孩子一定会大哭起来,可现在却毫无哭声,甚至连一点儿声息也没有。我不由惊恐起来,赶紧跑到妻子身边。

当时,妻子在无意识中对我的凝视令人难以忘怀。

妻子回过头,用如同看陌生人的目光凝视着我,这无法容忍的冷冷的眼光直刺我心,然后双眉紧蹙地哭丧着脸大声叫道:"行了!"

紧接着,她一下子跳进路边的麦田里,生怕我要抢走孩子似的。这时从妻子脚上掉下的一只木屐从柏油路上反弹起来,发出很响的声音。

她说的"行了"究竟是什么意思呢?是说她一人就能照应孩子,还是今后再也不需要我去管这孩子呢?

我心里琢磨着,捡起了木屐和掉落的洋娃娃,站在路旁默默地看着在麦穗下垂的麦田中对孩子又拍又摇、跳舞一般的满地打转折腾的母亲。

八

不久,孩子的嘴里发出初生婴儿那种气喘吁吁的呱呱哭声。

当时心想,若孩子从此以后再不会哭泣该怎么办?以后每逢想到这件事我都会不寒而栗。

"我几乎是亲手毁了自己最珍视的孩子,况且还是在我想让她开心的时候。"

一想到这一点,我就觉得自己只要走错一步,就不知道会干出什么离谱的事,不禁对自己感到栗然,产生瑟缩不安的感觉。

幸好孩子只是右脚髁有轻微的扭伤,随后马上送到最近的医生处,脱光了做全身检查。或许是背脊上出了冷汗的缘故,当时仰面躺着的孩子紧贴在细长的黑皮革诊察台上,每当举起她的手或脚时,会发出"叭、叭"的声响,仿佛在剥皮一样。我最担心的是不要伤到头部,幸好没事。而且我的体重也没让孩子凹陷下去的腹部产生什么异常。

最终听说女儿只是右脚踝扭伤和左侧腹部擦伤的时候,我和妻子都满头大汗,再也顾不上什么团圆,不去澡堂,而是径直回了家。

擦伤很快就痊愈了,扭伤却怎么也好不了。用医生配的敷布进行湿敷,但一点作用也没有。中学时我也经常脚踝扭伤,用醋调面粉后湿敷,两三天就好,想到此,就让妻子调好后给孩子敷上,可能是醋放多了,孩子的脚底发白,像榻榻米缝隙那样发胀,所以这方子两三天后就停用了。

这已经是孩子第二次受伤了。两岁时她的右肩曾脱臼过,那时她独自一人在房间里翻滚着玩耍,突然哭了起来,带去医生处一看,原来是右肩脱臼了。所以说,这孩子第一次是自己搞伤了自己,接着被父亲搞伤了。或许她在我们不知晓的情况下,已暗自决定不会原谅父亲的过失。

那次也是妻子第二回用看陌生人的眼神看我。

第一次是妻子在乡下生桃枝的时候。当时我也回到了乡下,而生下桃枝的那天晚上我却不在家中。我在哪儿呢?在街上的酒馆里,正在那儿醉醺醺地唱歌呢。

到黎明时分回家,我看到桃枝已在前一天夜里出生了,在玄关处首先遭到母亲的责骂。

"哪有孩子晚上出生,她父亲到第二天早晨才回家的!"母亲的额头青筋直暴,用低低的声音怒吼着。

我默默地走进产房,盘腿坐在妻子身边的婴儿枕边,第一次直瞅着自己孩子的脸,吓了一跳。她的睡相和我小时候实在太相像了!其实我并不知道自己婴时的睡相,不过,一看到孩子的睡脸,就产生了和自己如出一辙的想法。因为太像所以才吃惊。

我忽然间闪现将她和妻子的脸也比较一下的念头,朝妻子望去,刚才还睡着的妻子一下子睁开眼睛看着我,她的眼神不是刚从睡梦中醒来,而是早就醒着的。这时我觉得,那是她瞅着陌生人的眼神呀。

"生了。"妻子轻声却又坚定地说。我无言,只是点点头。

"我本想让你第一个看到她。"说着,妻子突然猛烈地抖动肩膀哭了起来,"我一直那么期待,在信里也早就写过的。"随后,"薄情、薄情、薄情郎!"她哭得要吵醒孩子了。

就是看了她的那封信,我才把剩下的工作硬是推给别人,告别一切,火急火燎地赶回妻子身边的。当我收到信后首次见到妻子的时候,是否也是一副看陌生人的眼神?至少在见到妻子之前,在她不知情的时候妻子已经变成了另一个女人,我害怕见到她。然而,真正见到她时,才意识到妻子比以往任何时候都更接近我。

我对妻子说,你没有受到性侵犯。并且使她理解了虽然样子好像被糟蹋,但施暴者并不是那个叫作中

155

冈的男人;告诉她有像中冈那样的心理变态者的存在。于是妻子说,我说的这些她在婚后已经感受到了,只是觉得世上有这样欺侮她的男人太令人懊丧。我也是同样的感觉,然而这种懊丧的产生,与其说来自当时妻子的想法,毋宁说她是如何感觉的,这对我而言来得更加实在。

我不忍心刨根问底地追问妻子被辱的细节,而且每次一想到那件事,就会觉得浑身上下被插满了火棍似的,成为兽欲的俘虏。

"脱光了!"

对妻子而言,她希望我比中冈更加残酷。我直视着临近分娩的妻子的身体,竟抱头痛哭起来,真是太可怜了。

对妻子,从一开始起我就无所谓原谅不原谅,可以说完全信了妻子的话,但是对那事是想忘也忘不了的。妻子的噩梦变成一卷电影胶片留在我的脑中,不断地放映使得旋转的机能越来越差,最后失去了清晰的影像,但仍然可以放映。直到现在,一有机会那胶片又会开始自然地转动,一旦转动起来就无法停下。

我与妻子因琐碎的小事发生争吵时,那片子就会突然开始转动,于是,本当即将结束的争执,又开始一个劲地冒起阴郁的浓烟,当事人也就更不明所以了。

而且我还会突然狂躁起来,连自己都不知道为什么愠怒,为什么发火,却又不能不怒气冲天。睡着的时候,会猛然扯下被头;吃饭的时候,会折断筷子,扔出盘子里的食物。搬到现在的公寓来之后,我有一次抓起盘子里的油炸海蛎子朝妻子的脸上扔去。

"为什么不打我?打我呀!"当时,妻子这么讲,我则一声不吭地继续扔着。油炸海蛎子击中妻子的额头和脸颊,发出叭叭的声响。我无法动手去打妻子,再说周边的墙壁都是夹板做的。

九

秋天,我们一家尝试去上州的温泉做个三天两夜的旅行。

孩子的脚总不见好,用 X 光做了仔细检查后,才知道骨头上有了裂缝,医生说再不抓紧治疗的话,说不定一辈子会拖着脚走路。在医生面前,我红了脸。孩子打了一阵子石膏,到入秋时总算痊愈了。

这次旅行,其实是为了庆祝痊愈的。

我们一家人先坐火车再转电车,在车站下车后下个狠心坐上了出租车。

旅馆里客人很多,但进房后觉得十分安静,女侍离开后,妻子踮起脚尖,悄悄地敲了敲墙壁,"噢,这才是真的。"

妻子一缩脖子,哧哧地笑起来。

可是晚饭前,妻子从厕所回来就垂头丧气地说:"真奇怪!"

"什么事?"

"老朋友来了,早了十天呐,真奇怪。"她一副不高兴的样子。

我们安稳地睡了两晚回到家中。

然而,旅行归来的第三天,妻子发生了意外的变故。

那天快到下班的时候,听说妻子来电于是跑过去接,"我现在在K医院。"她冷不防地说。

K医院是我们居住的一带最大的医院。

我立刻想到孩子,她的脚在接受了马马虎虎的温泉治疗后,莫不是又故态复萌了?

"是桃枝吗?"

"不是,这回是我!"

"是你?怎么啦?"

"我刚才在家里大出血了。"

"出血?"

"嗯。"妻子说完就不再吱声,我这才回过神来,"接着呢?"

"我吓了一跳,就打车来到医院,说是马上会流产。"

"什么?"我大吃一惊,仿佛晴天霹雳。

"不过,你——"

没有妊娠,何来流产?太奇怪了!

"是啊,我也吓了一跳。可能是在不知晓的情况下怀孕了。对了,上个月就有点出血,对吧?那时就有症状了。"

"在温泉时呢?"

"那就是流产的先兆,所以我当时也好生纳闷。"

"可是为什么会造成这种结果呢?"

"医生说从事过于激烈的劳动,或长时间坐车就会这样。我告诉他说去旅行过,他说,这就对了,孕妇经不得车子摇晃。"

听她这么说,我不悦了。

"怎么这样说,谁知道啊?那又没办法,早知道的话我们根本就不会去。"

"就是,没办法的。"

我们俩一时间沉默无语。

女人身体的危险性令我极其忐忑不安。

"那接下来怎么办?"

"医生说如果再胡乱走动,就会因大出血而流产,所以在病情稳定之前还是住院比较放心。"

"那就住吧。"

"那么桃枝呢?"

"桃枝总有办法的。"

接下来必须考虑怎么安置桃枝。不过,我觉得这也正是与桃枝重修和好的最佳机会。

反正得先去趟医院。挂断电话,我立即离开公司直奔K医院。妻子脸色苍白,盖着一条陌生的薄被子,躺在双人房的病床上。

"真对不起,变成这样。"

"行了,又不是你一人造成的。"

妻子尴尬地笑了。隔壁病床上的中年患者仰面半睁着眼睛睡着,妻子压低嗓门说:"听说她是卵巢囊肿,已经做了手术。"

接着我去见医生。

医生告诉我,妻子肚子里的胎儿一半剥离,一半粘连着,目前制止流产的情况只有五成把握,要是出血止住就行,反之继续出血就必须实施人工流产。

我又回到妻子身边,把医生说的告诉她。

"怎么样?"

"出血像是止住了。"

"那就这样住下去,把他生下来吧?"

"我也这么想。"妻子说完后,眼睛看着天花板,表情严肃地沉默了一阵,接着问,"你不要紧吧?"

"不要紧,总会有办法的。"

妻子还是默默地凝视着天花板,我忽然意识到妻子担心的并不是生产的费用和生活上的问题,而是我心情的变化。

"不要紧的。"我再次强调。

"是啊,不要紧的。"

妻子仿佛是在说给自己听,这才将温和的眼神挪回到我的身上。

我决定回家,并把妻子需要的东西记在笔记本上。

"可以的话,明天早晨能把桃枝带过来吗?"最后,妻子补充道。

"好的,我把她带来。"

"我会告诉她,明年要做姐姐了。"

"今晚我陪桃枝睡。"

妻子扑哧地笑起来,她大概觉得我有些洋洋得意。

"她夜里有一次尿尿哦。"

"尿尿的事,难不倒我。"说完我正要回去。"我说——"妻子叫住我。

"什么事?"

"一说尿尿,提醒我了。"

我苦笑,"怎么弄?"

"床下有便壶,不好意思。"

我从床下取出搪瓷便壶递给她。

"我要等你完事后再走吗?"

"是啊,对不起。"

没办法,我在床边蹲下,不一会儿,被窝里传出流水声。

我想起过去也曾有过一次类似的场景,那是我们新婚那年冬天造访妻子家道中落的娘家时,深更半夜,妻子从床铺里爬出去,我听到纸槅门后传来水流进便器的叮咚声,记得那是一种清澄而又可爱的铃铛般的声响。

至少我们该回到那个时期。忽然间我产生了一种想要祈愿的心情。

四号房的惠美是否也像我现在这样,面对置放在床底下的自己青春的遗物在祈祷啊?

而且,我们该像那时那样重新开始!

然而,这已经不可能办到了,那时的铃铛声已变成了泛起黄色泡沫的声响。我只能一而再再而三地下定从头开始的决心。

直到妻子的流水声停止,我都缄默地凝视着病床下的暗处。

羞 耻 谱

过去,每当遇到亲人去世的时候,我便会被一种无法排除的情感所困扰,那是一种羞耻感。对我而言,死亡无疑是一种耻辱。迄今为止,我的两个姐姐死了,两个哥哥虽然活着却音讯全无,而他们的死亡及不幸完全是我感到耻辱的根源。

我十岁的时候曾经认为死亡就是自杀,是两位姐姐做出的表率。大姐服毒,二姐投海,具体情况没人告诉我。在镇里我被叫作吃安眠药的弟弟、投海家的孩子,我只是一味感到羞愧。因为害怕见到同龄的孩子而总是选择背巷小道来走。可是,即使在偏僻的小路还是有许多喜欢说长道短、说话蛮横的孩子。于是我只有绕过城镇走田间的小路。

知道大哥的不端行为也是在由田野小道去学校的途中。作为家长会的一员,学校询问有关哥哥的消息。

次日早晨,我走在田野小径上时拆开父亲写给学校的回信,才知道他失踪了。后来听说他以赴死的决心开始旅途,半路上遇到贫贱的情人,将他身上穿的高价外褂和和服腰带作为遗物送回家来。我觉得头晕目眩,即使在这无人的旷野也感到一种无处容身的羞耻。将信封揉成一团扔进小河,然后故意朝着篝火烟幕的方向走去。

可是,我还是深信倘若自己非死不可的话,尽管可耻但还是只能选择自杀。因为除了自杀,我不知道有别的死亡方法。我曾好几次偷偷地发现不为人知的自杀方法,那时我会不由得脸颊发热却不知选哪一种好,踌躇之间,竟意外跨进了以自杀为荣的神秘世界。

战时,对我而言应该是为我们兄弟的坏名声雪耻的好机会,我认真地思考过,如果要死现在正是时候。可是,我刚满十五岁,离自愿争取名誉自杀的年龄还差点。我想至少得死于敌手才行。夏天,敌人空袭我们的城镇时,曾向我射击。如果我像平时一样在常待的地方就能够如愿死去吧,可是我的心血来潮意外地使敌人的枪弹瞄准了我的影子。就这样,某一天的天赐良机就白白给浪费了。

战后,已是青年的我不再认为死亡就得自杀,然而伴随着死亡而产生的羞耻感却不是那么容易能够拭去的,一看到为至亲离世悲伤的人,总感到不可思议。

人死了,就会悲伤吗?

如果你父亲死了,你会哭泣吗?

我总是试着问自己这样的问题,却完全没有自信。遇到失去至亲的好友时,我会彬彬有礼地叩首,一点儿也不去触碰他的不幸,自以为那就是最大程度的慰藉。

十八岁那年我去了东京,遇见了二哥,由他照顾我。我上大学后一年,没想到二哥卷走了家产逃亡。我感到羞耻万分,身子不由自主地颤抖。那既是我们全家的耻辱,同时又为我们对他那样打心眼里深信无疑的愚蠢深感羞耻。而且我们又住在同一个都市,频繁地见面,却丝毫没能看穿他那阴暗的野心,还傻乎乎地撒娇管他叫"哥哥",真是羞愧难当。我在极度羞耻的驱使下逃离了东京,辗转于父亲老家某个温泉小村和故乡附近自己诞生的渔民城镇,躲避了三年。

事到如今,我已经不想将我们兄弟们的不幸归咎于什么缘由了,无论什么原因也无从想象四个兄姐会一个接一个地走向毁灭。真想哪怕只有一位是正常走向归宿的也行,可是四个人全是异常的。

我想是血缘的关系,莫非我们的血液是一种毁灭之血吗？如果是那样,我的体内也应该流淌着同样的毁灭之血,但我实在不愿被那样的血液所毁灭。在对自己的血缘感到羞耻的同时,我冥思苦想对抗它的生存之道。最简单的方法是防患来自血缘的诱惑,一定要选择和哥哥姐姐们截然相反的生活方式。我所能做的就是过着认定一切都美好的生活,即使是日常生活中的细小行为也不例外。凡事我都会反其道而行之：他们那样想,我就这样想；他们那样做,我就反过来做。当我意识到自己生活方式业已形成时,就请父亲出钱,再一次重新踏进大学校门。

在学习期间,我认识了在宿舍附近的饭馆打工的女孩志乃,带着她回老家结了婚。我的兄姐们好像认为爱是一种罪孽。可是,我将爱看作单纯的快乐。家里人都为我感到高兴,谁都没有虚情假意,我也没有扭捏打怵,心想这样就好。年迈的双亲和姐姐住在老家,我和志乃往返于老家和东京之间,虽然清贫却过着平常的生活。我已经二十六岁了。

七月底的一天,清晨开始就下着蒙蒙细雨,一直到傍晚都没停,突然我收到从北国的老家发出的父亲病危的电报。

当时,我在面朝流过东京近郊的运河的公寓房间里,无所事事地和妻子闹着玩,用玩具手枪把空书架上方杯子里插着的蔷薇花瓣一片片打落下来。轮到妻子时,她眯着一只眼睛瞄准目标,忽然啊地叫起来,说是听见声音了。我们侧耳倾听,远处传来微弱的马达声。我们停止游戏,站到窗边。

窗户下有条小路,路的对面就是运河。运河正对面的竹丛斜坡上方挤挤挨挨地盖满了居民新村的白色建筑物。看上去犹如一个巨大西式点心的山冈脚下,送电报的绿色摩托车正往这边驶来。妻子好像召唤萤火虫似的在口中开始念叨:到这边来,到这边来。摩托车穿过混凝土桥拐进通向我家的小路,她嚷嚷着来啦来啦,身子探出窗外要去接电报。我怕妻子从窗户掉下去,在屋里紧紧拽住她的一只手。于是,年轻的邮差用"别胡闹了"的眼神瞥了在窗口粘在一起的我俩,走到离我们四五米开外的窗口,故意冲着那儿大声喊道:"电报电报!"还叫了我的名字……

那是每个月必然有一到两次反复上演的场景,我们总在等待电报。我已从学校毕业两年,却依然没有工作,经熟人介绍通过写广播剧本勉强维持生计。每月一两次一准被"有工作,请过来"的电报叫去,然后通宵干完接下的工作,第二天就去邮局寄掉,这样就可以得到夫妻俩能凑合过半个月的酬劳。这样的工作如果每个月固定有两次的话,那么好歹也可过上寻常的生活。可惜有两次的月份很少,倒是这年入春以来工作经常中断,六月开始竟突然间完全绝迹了。有几次活干却也不够填补家用,如果可以还真不如洗手不干。虽说这完全是种不正经的工作,但一旦完全没有,我们一下子就会陷入生活的困境。我们会一点不剩地把妻子带来的衣服、家具和我的书籍换成现金,用以维持贫穷的生活,而那些东西也早就处置殆尽。我不得不感同身受地一再埋头阅读近松门左卫门的净琉璃悲剧剧本度日,那本书因为借给朋友才免遭被出售的厄运。

那天,久违了的邮递员送来了电报。可是,和平时大不一样,不对窗口的我们看一眼,而从公寓的门口进来,郑重其事地敲响房门。

"电报。"

妻子一打开房门,邮差便行了一个礼递上电报就回去了,被雨水淋湿的黑色雨披看起来闪闪发亮。妻子倚着房门看完电报,竟软绵绵地跌坐在榻榻米上。

我因为不安始终没有离开窗边,直到邮递员的脚步声消失。然后,捡起妻子膝盖上的电报看起来。

"父亲危笃,速回来,香代。"

最初,一气通读时,烙在我眼睛里的只有最后的香代两个字。香代是我唯一仅存的姐姐的名字。这个姐姐由于与生俱来怕见人,一直以来从未去过邮局之类的地方。刹那间,我仿佛历历在目地看到香代斜站在乡村邮局昏暗三合土泥地的房内,伏在那张摇摇晃晃、渗满墨水的书桌前,承受着邮局职工好奇的视线,不知道用"归"或"请速归"之类的书面语,而是直截了当地用了大白话"回来"。我被不同寻常的思绪驱使,再次重读了一遍,可还是没能对打头那五个字的重要性有什么实感。

死神已降临父亲,我知道,而且那不是自杀。父亲已经七十岁了,五年前由于轻度脑溢血发作而病倒,之后虽然逐渐有所康复,但是不知何时可能会再次发作。因此他老早就半开玩笑地笑着说:"我已经不久于人世了,哪一天死神光临,一下子就会完蛋的。"可能现在就是那个日子光临了吧。

可是,所谓行将就木究竟是怎么一回事情呢?死神是在意想不到的时候突然来临的,留下尸体后又一瞬间离去的吗?过去在我的身边死亡总是与尸体结伴而来,两位姐姐就是那样的。战争中,死于空袭的人们也是那样的。知道死亡来临的时候,他已经成为一具尸体了。同时,当一个人的尸体出现时,我们就知道那个人已经去世了。死亡和尸体之间是不存在间隙的。死神快速地降临,又迅即离去。之后只有尚存生息的人们围在尸体周围哭泣,举行阴郁的祭奠仪式。

我无法轻易地相信父亲濒临死亡,所以也没有惊讶和悲伤。

"真是收到了棘手的玩意啊。"

我折好电报纸,面向暮色浓重的窗外。妻子战战兢兢地站到一旁。

"怎么办呢?"

"什么怎么办,回家!"

我说得简单明了,但老家靠近本州的北端,我们没有存两个人一齐回老家的旅费,而且,这次回乡也不能就穿着一身便服。倘若父亲过世,我就成了丧主,妻子需要在众人面前接待张罗吧,可是我们出客的衣服手边一件也没有,要赎回当出的又要花很多钱。

为了准备这些东西我多费了很多时间。先后去了三个朋友的家,借到旅费和衣服回到家已近半夜。我们决定坐第二天一大早开赴北方的快车,那晚做好通宵达旦不睡的准备,这时电报又来了。

"父亲恶化,快回。香代。"

我站在窗边,嗅着运河的气味,心想自己大概已经见不到活着的父亲,不能亲眼见到他的临终就是血脉相通的我俩的宿命吧。

蒙蒙细雨中使河水发红的运河上的灯光,恰似乡下赏花时节的雪洞烛灯一般。

次日夜间,天下着雨,我们很晚才到达老家。从月台钻过轨道下方前往车站的洞穴似的地道,虽说是盛夏,北国夜晚的空气还是冷冷地触及脖子,不由让人觉得身心瑟瑟紧缩。

检票口昏暗的灯光下,住在别的城镇的基督教徒的叔叔身穿黑色的西服站立着,胸前捧着一把雨伞。一看到那位叔叔的身影,不知为什么,我想父亲还是走了。叔叔看到我们就跑了过来,长靴发出笃笃的声响。

"我们到晚了。"我说。

"不,住这么老远,也是没有办法的事。"叔叔说。然后说自己今晚有无论如何必须在家处理的要紧事,所以现在要坐刚刚抵达的火车回去了。我听他说了不能参加守夜的理由,说道:

"请回去吧。接下来的事我们来做。"

叔叔一下子眨着惺忪的眼睛说：

"不留遗憾地尽力而为吧。这也可以说作为人子的命运。什么事情都是上帝的安排。"

汽笛响了，"那么，再见。"他举起紧握的雨伞，长靴又笃笃笃地响起，慌慌张张地跑进了地下通道。

深夜的火车站空荡荡的，只有大量的飞虫围着电灯静静地打转。没有人来接我们，在车上我发了电报，到达时间应该不会搞错，我想大概是因为我们慢吞吞地没有赶上见父亲最后一面，兴许是大伙儿感到愤慨的缘故吧。虽说只是和妻子两个人回来，可车站外面是一片泥海，我穿着短靴，妻子则穿着和服和草屐。正一筹莫展、在门口进退维谷时，微弱街灯的照射下可以看到有个人影顺着轨道似的泥地上的车辙蹒跚地往这边跑来。好像是梶婆婆，我们等着她靠近，果然是她！梶婆婆是住在我家对面，乐于助人的农家寡妇。

"对不起，对不起。"她说，"出租车司机可能是到哪里去喝酒了吧。今天一大早起载过好几拨你们家的客人，应该很久没有挣到这么多钱了。多半该是去隔壁镇子的小饭馆了吧。"

梶婆婆的气息也带着一股酒味，我从她背上捆着的方巾包袱里取出长套靴换上，心想这时间守夜的酒已经拿出来了吧。妻子撩起和服的底襟穿上长套靴后,膝盖和小腿的部分全都露了出来。

"样子好奇怪。"妻子说。

"没啥,看起来挺凉快的。"梶婆婆说。

沿着许多房门紧闭的住家成排的街道,我们在泥泞中滑行着前进。我很想知道父亲是什么时候,在怎么样的情形下咽气的,可最终还是没能问出口,倒不是因为对象是梶婆婆的缘故,即使是叔叔我也没法探问。我内心十分害怕从别人的嘴里清楚地道出父亲的死因或死亡时的模样。也不是害怕知道真相,而是害怕会再生羞耻。

孩提时代,两个姐姐接连死去,但我好多年间并不知道先走的大姐是投海而亡的。有一天,在争吵中输给我的铁匠铺的孩子在众人面前将其披露了出来。

"你家的姐姐被津轻海里的海豚给吃掉了。"

自杀是耻辱,可是世上人人都知道的事只有自己一人被蒙在鼓里,使我感到一种别样的耻辱。当二姐的死在家里引起混乱的时候,我曾经直接问过母亲。

"姐姐是自杀的?"

母亲突然使劲地将我的头揿在胸口,然后哇哇地大哭起来。关于死亡,无论是被人告知还是自己询问,我都会滋生胆怯。

果然妻子也断了念,没有开口问父亲的事。每当手电筒的光投射到路旁的苹果园内时,就看到带有雨滴的苹果一闪一闪地发亮,她会"啊、啊"地边叫边走。来到苹果园的尽头,河水声突然响起,我们走到一座桥上。

"老爷很喜欢钓鱼哦。"梶婆婆这样说道,"不过已经很久没自己钓了,就在两三天前还有人看到他在这座桥上钓鱼呢……唉,不过已经很少见了。"

婆婆的话使我感到一阵温暖,我微笑起来。

"什么呀,那个世界也有河啊。"

我本打算开个玩笑,没想到婆婆语气激烈地反问我:"你说啥啊?"

"哎呀,我是说想在父亲的棺材里放根钓鱼竿呢。"

"行了!"这时,婆婆站定后,责备似的叫起来,"别说这么不吉利的话,你这孩子!谁说过老爷已经去世了啊?"

我惊呆了。

"还没走,他还没走。"婆婆很用力地高声叫喊,"他坚忍地等着你们回家,觉得父亲已经去世才回来,这才是不孝子的行为,你这孩子!"

"太好了!"妻子大叫起来。然后好像责备我似的,用紧握的拳头咚咚地敲打着我的背脊,然后又接连不断地说,"太好了,太好了啊!"

家里,不管是二楼还是底楼都灯火通明,从每扇窗里透出的亮光好像探照灯一样捕捉到飞扬而下的雨滴。刹那间我站停下来,被我家明亮的夜景给迷住了。对我来说,过去不曾看到过自己的家如此光彩夺目。

因为梶婆婆的大嗓门,姐姐跑到玄关处,冷不防搂住我的肩膀。

"吓了一大跳吧?"姐姐小声地说,脸上带着微笑。我被她意想不到的明朗所吸引,也笑着回答,"是啊。"姐姐又转向妻子说:

"也让志乃受苦了吧?"

"哪里。不过,我们实在到得太晚了。"妻子说。

姐姐点着头把我往里屋推,"明白,我明白的。"

父亲身上盖着毛毯,直直地躺在一间十二席房间的衣柜前面。母亲在父亲的床铺和衣柜间狭窄的空间内躬着背脊,缩成一小团地坐着,一只手握住父亲的右手,一只手摇着蒲扇。嫁去邻县酒馆的母亲的妹妹、也就是我的姨妈待在父亲的枕边。

我端坐在房间的入口处说:"我回来了。"母亲抬起皱皱巴巴的脸说:"回来了啊。"姨妈把脸靠近父亲说:"姐夫,一直等着的人到了。"父亲的脸朝着母亲这边,用不听使唤的舌头含混地说了句什么。"说什么啊?"母亲将耳朵凑近父亲的唇边,然后转告我,"他说,回来就好。"姨妈笑着说:"你妈妈是翻译呢,姐夫的话只有她能听懂。到底是夫妻啊!"

"你爸的脸转不到那边,过来这边坐吧。"

母亲用蒲扇招呼着,我跪着用膝盖挪蹭到父亲的床边看他的脸。

和那年春天分别时相比他稍稍瘦了一些,脸上没有什么特别的变化。可能是心理作用吧,看起来他的眼睛和面颊好像有些往后脑勺的方向吊坠,鼻子和嘴巴好像朝压在枕头上那半边的脸颊方向歪斜,这是不是疾病造成的就不得而知了。我平时从来不曾像现在这样凝视过父亲的睡颜。他的脸色很差,整个脸盘仿佛上火似的发红,汗津津的。尤其是额头一带仿佛用红笔画过一般通红。我思忖父亲此刻应该相当兴奋吧。父亲自从病倒以来,只要一高兴额头上就会自动出现血红的道印,喘息加剧,张开嘴,气喘吁吁。但是从整体上看,实在很难认定他已是随时可能撒手人寰的重症病人。

父亲好像还是努力想要调整自己的视线。眼球慢慢地向下方移动,勉强朝我的脸瞥了一眼。目光相对时我不由自主地叫了一声"爸爸",像小孩子读课本似的叫得连我自己都觉得不可思议的笨拙。于是,父亲的眼睛周围一种羞耻的表情弥漫开来。他用力地撅起下颚,早就扁平了的嘴巴不规则地激烈喘息着,那是父亲在笑。

"喂,喂,真是了不起的力道啊。"

母亲用双手握住父亲的右手放在膝盖上边摇边说。看上去父亲的手和母亲的手好像在掰手腕似的微微颤抖着,这时我才知道母亲握住父亲的手并不是装装样子的。如果放开父亲的右手,它就会不听使唤地随便乱动。有时候,那手腕还会发作性地迸发出惊人的力量,母亲那是在竭尽全力地把它压制在自己的膝盖上。

"不可以让他过于兴奋,是吗?"姨妈不知是对着谁嘟哝道,然后面向父亲,好像安抚年幼无知的孩子一般说道,"姐夫,你可以称心如意了吧。这么一来就可以放心了。来,好好歇一下。"

父亲的喉咙里猫叫似的发出咕噜咕噜的响声。母亲将耳朵靠在他嘴上,"是的,是的。"边点头,边朝我们说:"他说不必担心,你们也去好好休息吧。"

我们退到饭厅,在炉火边上喝姐姐替我们泡好的茶。

"爸爸他怎么样了?"姐姐问我。

"看起来并不那么糟,可是我反而觉得怪怪的。"我回答。

"他还是不行了。现在虽然平静下来,可是不可大意。"

前天晚上,有位名叫小田的吹竖笛的先生来,在二楼与姐姐弹的琴合奏。那时已经是父亲睡觉的时间了,可是他在饭厅的火炉边倾听不同以往的琴声。几曲过后,他问:"那是什么曲子啊?"母亲回答说:"是楢枕吧。""好长的曲子啊。"说着,父亲站了起来,走进厕所。临睡前去趟厕所早已成了父亲的习惯。得病以来,老毛病便秘症越来越严重,如厕的时间也变得很长。

那天晚上,父亲直到"楢枕"演奏结束还没有出来。母亲一看时钟,已经过了二十分钟,吃惊之余赶紧打开厕所门,叫道:"孩子他爸,已经过了二十分钟了。"厕所里面传出父亲理所当然的应答声,"嗯,就出来了。"母亲再一次回到饭厅,又过了五分钟他还是没有出来。突然间,一种不祥的预感袭来,母亲快步奔向厕所。一打开厕所门,见里面的门也开着,父亲的身体蹲着朝左侧大幅倾斜。"孩子他爸。"母亲叫嚷着呼唤他。父亲微笑着说,"别担心。没事。没事!"他的舌头有些打结,声音含糊,身体就这么斜着,一动也不动。母亲惊慌失措地叫来二楼的小田先生,请他帮忙,然后姐姐也加入进来,三个人好不容易才将父亲搬到床上,他的身体如同吸了水的圆木那样沉重——姐姐已经多次向来探病的客人重复描述过,可还是不厌其烦地叙述。父亲的疾病正式名为脑梗塞,突然间,姐姐压低了声音问:

"电报有什么问题吗?"

"没什么问题。"我回答。

"我们不知道电报的发送方式。打电报,这还是头一次。向小田先生说起还被取笑了一番呢。"

说着,三十六岁依旧独身的姐姐宛如少女般地偷偷窃笑,双颊泛起红晕,她好像不管什么事情都会告诉小田先生。

姨妈走进饭厅,告诉姐姐母亲在叫她。姐姐起身后姨妈坐下来说:"志乃想必很辛苦吧。"她先是体贴地抚慰妻子,然后若无其事地快速对我说:"你父亲可能不行了吧。"

"嗯。"我点头应道。

"要是你的哥哥们都在就好了。"

我缄默不语。

"想必你爸很想见他们吧。文藏就不说了,至少卓治得回来啊。"

姨妈颇为遗憾地说,可我早就对哥哥们断了念。大哥文藏踏上死亡之旅至今已有二十年,二哥卓治背信弃义地离家出走也有七年了,这些年来,两个人都杳无音讯,生死不明。然而,就算他们还活在什么地方,知道了父亲濒临死亡,按他们的性格推测,时至今日也不可能再恬不知耻地回到老家来的。他们是抛弃我们的人,我想作为被抛弃者有被抛弃者的生活方式,于是坚强地生存着。我们的生活中早已没有他们的容身之处了。

"哥哥们就不谈了。父亲也不会想见他们的,母亲也是……"

我一开口,突然感到背后有人,回头一看,只见母亲的瘦小身躯立在门槛上,也不知道她是什么时候来的。

从那天夜里起,母亲和我、姐姐和妻子分成两组每两个小时轮换一次彻夜守护父亲。一个人坐在病床和衣柜间握住父亲的右手,另一个人在枕边用蒲扇送风。

我试着握住父亲的右手,心里明白除了那只手父亲的身体已经完全没有知觉了。左臂还有下半身就像死去那样一动不动,甚至连动动嘴唇、眨眨眼睛也很费劲。只有右臂的前端还能自然地随便晃动,勉强传递着父亲的意志。握住他手指的时候,父亲会用出人意料的力量回握。轻轻按住他手臂,任其表达其意志时,父亲就一个劲地用手指抚摸看护者的胸部,或者用大拇指和食指的侧面尝试不停地抓捏自己的下巴。

起初,我一直以为父亲手的动作完全是病魔侵蚀的神经发作的缘故,可是有一次,父亲的手从上到下不辞辛劳地解开我全部的衬衫扣子,我被父亲意识中仅存的对病魔最后的抵抗以及希冀再次恢复健康的祈愿而深深地感动,同时也理解了他。从那以后,我任由父亲的手去主动表现他的意志,父亲想揪住我的喉结,我就暂停咽口水由他摆布;他要抓我的鼻子我就屏住呼吸。

深夜,我正挨着父亲小睡,突然被妻子叫唤爸爸的声音惊醒,看见父亲的手隔着连衣裙搓揉妻子的乳头,拍打似的抚摸,最后还试图用两个手指夹住她的乳头。不过,妻子并未躲避,她带着害羞的微笑,"爸爸,爸爸"地小声阻止他。我将这些迄今为止父亲和我们子女们在一起时表现出来的最亲密的情景收入眼底,再次进入睡梦中。那样的夜晚有过好几次。

回到家乡的第二天下午,出诊前来的县立医院医生要求和我谈谈,我们在病房隔壁的房间见了面。医生说这一个星期最为关键,不过这个病会不断破坏肉眼看不到的脑血管,所以一时半刻也不能大意。这可以说是一个死亡的宣告。接着,父亲的外甥前来探病,这个担任村议员还是什么职务的男人自命不凡地说,"哎,说起来弄得好,舅舅大概能拖到盂兰盆节吧。"父亲死或不死,要靠我们亲眼观察确认。对我来说,预告死亡是毫无意义的,只是对他们这种满不在乎的态度很生气。医生盛气凌人地用足以让患者听见的大嗓门恐吓,村里的大财主一面把肺病当作霍乱一样感到惊恐,一面又开玩笑地说脑溢血是"中头彩"。他们都把父亲当作一个业已死去的人而随意侮辱。我一言不发,愤然离席。

傍晚,姨妈要先回去了,她和父亲告别的时候,父亲误以为是我们要回东京去,情绪波动起来。多亏了母亲说明情况才稳定下来,那种不安好像在父亲内心深处残留了许久。只要看不到我,父亲就叫母亲询问我在哪里。我必须整天,特别是晚上要出现在父亲狭窄的视线之内。因为他就像小孩子一样夜晚会害怕。

一天深夜,我握着父亲的手,他用眼神示意让我将耳朵靠近,一词一句,小心翼翼地用唇形开始对我说话,他的声音夹杂着吹坏的口哨音,一一传入我的耳朵里。

"啥时回去啊?"父亲先这样问。

我回答说不回去。

"工作不会有影响吧?"父亲接着问。

从我学生时代起,父亲始终冥顽地坚信工作是不可奢望回报的。如果我不经意地对自己的工作说出什么自嘲的话,父亲会立刻横眉竖目地指责我的懒惰,然后泄气地垂下双肩。可是,我从事的工作正在被贫困的生活埋葬,倘若父亲知道我的旅行箱里只剩下一册近松的净琉璃本的话,或许会失望至极当场毙命的吧。我感到内心的痛楚,同时说道,没关系的,我带回很多工作来做。

"我,会拖很久的。"父亲说。

在此之前,父亲的确打算长久地活下去。我说,很久也没有关系。电灯的光线中浮现出父亲惺忪迷蒙的眼睛,他一直凝视着我的脸,许久,叮咛着问:

"是真的吗?"

我的耳朵须臾不能从父亲的唇边离开,看到父亲肋骨凸出的胸膛上下剧烈地起伏,明显感到父亲深深的疑虑。六个子女中的四人在年轻时相继抛弃了这个家,然而临到垂死之际,连唯一仅剩的这个儿子也无法相信,父亲的内心是悲凉的。因为实在难以忍受,我默默地用力摇动父亲的手。于是,父亲的脸上一下子流露出安宁的神色。

"好啊,好啊!"

我觉得父亲确实那样说了。然后他半闭着眼睛,令人吃惊地打起鼾来,转眼工夫就沉沉地睡去了。

父亲病情仍旧每况愈下。手劲也渐渐地衰弱,已经连摆弄我们胸口的力气都没有了。舌头迅速僵硬,连少量的流质食物也喝不进了,只能用鸭嘴壶喝一点冷的焙茶,三次里总有两次要咽呛得反吐出来。有时候嘟嚷着开口说话,可是连母亲也不能轻易听明白了。

第四天开始,他的脸上变得毫无表情了。只有大小便的时候,才不舒服地皱着眉头。替换下身的东西时,跨坐在父亲翻转身子背面抬起他的双膝是我的工作。父亲五尺八寸高,六十七点五公斤的重量,作为富裕的农家子弟算骨骼健硕的。初中的时候学过柔道,二十岁作为衣料铺的长女、也就是我母亲的丈夫进入妻家,没有什么小聪明的父亲混在众多的掌柜之间东奔西走,不久便对城镇的生意感到厌倦。某天冷不防说出"想去东京当力士",让母亲哭了一场。这样的父亲的身子看起来早已不成形状,握着皮包骨头、肤色发灰的脚往上一抬,他整个腰部也随之轻飘飘地浮了起来。

第五天,父亲喉咙不断地发出咕噜咕噜的响声。那是痰,之前就一点点开始起痰,这一天开始急剧地增多了。可是,父亲已经没有了将其吐出的力气。俯看他嘴里肿胀成棒状、变成绣花球颜色的舌头紧贴着齿根,喉咙深处积聚的蜂拥而至的痰群,乳白色的黏液完全堵塞了嗓子口,每次呼吸都发出嘎斯嘎斯的声音。

据说脑溢血一旦出痰就离死期不远了。出诊的医生朝父亲的嘴里看了一眼,露出不需再治的模样,眉头紧锁,抱着胳膊,回头看看随他而来的女护士,命令道,

"教他们取痰的方法。"护士要了一双方便筷,"这个,嗯,是为了不让他咬到舌头。"边说边用其中的一根横着放在父亲的嘴里,另一根的顶端卷上药棉,"用这个缠上痰取出来。"说着,将筷子放进父亲的嘴里滴溜溜地转动,抽出来时发出一声"哎呀!"的怪叫声。一看才知道筷子前端卷着的药棉不见了,医生叱责她"笨蛋",亲自操作筷子总算将药棉取了出来。"总之,得好好地干。"说完,为了稳定身体状况给父亲打了一支强心剂就回去了。

然而,我们在实际照护士教我们操作的那样,试着做了以后才知道不能笑话她的失误。固体黏液宛如天生的有触角的生物贴在喉咙深处的皱襞处,而且每次呼吸都会啪嗒啪嗒地左右摇晃,从远处用药棉卷缠绕并除去那些坚硬的黏液膜的作业是极度困难的。可是,如果不连续不断地清除,父亲的喉咙立刻会被痰块阻塞住。母亲和姐姐的眼睛不好使,所以由我和妻子来负责这项工作。我们艰难地取出好几根一尺左右连成串儿的痰带,可是浓痰依然源源不绝地涌出来。因为长时间持续张大着嘴巴,父亲的眼睛里蓄满了泪水。

"加油啊,已经替您取出很多了。"

妻子这样鼓励着父亲,并将两根痰带巧妙地拉出来。

"瞧,爸爸,就这样取出来的哟。"

她说着让父亲看,父亲好像要珍藏这一时刻似的用难以置信的清晰话语大声说:

"谢谢你,志乃。谢谢你!"

父亲眼中的泪水外溢出来,流向耳朵的后方。

一瞬间,我简直怀疑自己的耳朵,妻子也瞪大眼睛注视着父亲,然后好像被打了似的一下子跳了起来,双手捂着面颊,呜呜呜地哭着跑出了病房。

妻子抽出的那两根痰液成为我们最后的努力。父亲既无法闭上嘴也不能咽下唾液,而且由于呼吸急促,口腔内迅速干燥,痰的黏度越来越强,舌头的表面干燥得发白开裂,裂缝处只要稍有刺激就马上出血,父亲疼得用力挥手表示拒绝。他的喉咙深处看上去好像钟乳洞一般。我们几次三番产生一种用手指去抓挠父亲喉咙深处的冲动,同时还不得不把吸取痰液的筷子顶端沾上水,不停地濡湿他那干旱的舌头。

眼看着父亲衰竭下去,父亲那明确感受到死期、几乎一动不动的躯体,使我们心中产生了一种急躁、烦闷和无比痛苦的情感。父亲开始倾诉头痛,还会呓语般地叫"焰火"。我觉得从父亲灰暗的视网膜上已经能看到他脑中的毛细血管如同线香烟花般轻易地噗噗爆裂了。

夜晚,医生来了,他断然表示"已经没有任何办法了"。可他还是打了强心剂,让父亲戴上了氧气罩,这就如同棋士所做的认输布局一样。当黑色的橡胶管子插入父亲鼻腔的时候,他拒绝地做出最后的抵抗。护士好不容易按住了他,用透明胶带将橡皮管固定在鼻梁和额头之间。

那天夜里,我们整个通宵一直在病床四周守着父亲。半夜里开始起风了,屋檐上的风铃被刮得彻夜响个不停。

次日早晨——也就是八月四日的早晨。

父亲的呼吸间隔变长,胸口一上一下痛苦地喘息,呼吸像断气一样变得微弱。眼睛转向一个方向不再移动,手脚的前端变得冰凉。

母亲大声叫喊了两三次,父亲没有任何的反应。

"你们父亲已经要走了。大家一起叫他,叫住他啊。"母亲说。

姐姐和妻子倚着父亲的身体呼唤,"爸爸,爸爸!"母亲用手掌静静地抚摸着父亲起伏的胸膛,好像说给

他听似的祈祷:

"孩子他爹,安心地走吧。以后的事大家一定会好好去做的。你就放心地升天成佛吧。"

母亲的泪水扑簌簌地落在自己的手掌上。我产生一种不可思议的感觉,妈妈怎么会让尚存一息的父亲就去成佛呢?母亲的性急使我为父亲感到羞耻。

"妈妈,休息一下吧。爸爸还……"

听我这么说,母亲的泪水从鼻尖一滴滴掉落下来,"可是,你……"说到这儿,她啊的一声叫起来,手掌离开了父亲的胸膛。

刹那之间,父亲辞世了。

女人们伏在父亲的遗体上放声大哭。我背靠衣柜,目不转睛地凝视着一动不动的父亲,倾听她们的哭声。在这数小时内,我试图用所有感觉准备去彻底捕捉父亲身上发生的任何细微的变化,可是结果一无所获——唯有从父亲嘴里溢出一些发亮的东西来,那就是痰。使父亲痛苦万分的顽固痰液,在清晨的曙光里变成发亮的稀薄液体从父亲的体内消失了,简直就像恶魔的爪牙完成任务撤出阵地一样。

这就是死亡啊。我一边思索,一边出神地看着顺着父亲突然变长的胡须上呈条纹状流淌的发亮的痰液。父亲是我所有至亲中首次迎来正常死亡的人。我想无论是召唤死亡,或是被死亡召唤,无论什么时候,在哪里,为了何种理由要死,刹那间来去的死亡的实质都是相同的。无论什么样的死亡,都无所谓美丽或是丑陋。某一天,死神降临,留下尸体瞬间离去,冷峻得茫然、严肃,不容夹杂任何感情的余地,甚至连悲伤都不打算立刻接受。如此想来,迄今为止每次遇到死亡时自己所感受到的羞耻又究竟算什么呢?于是,我认识到,那些不正是我的血统自卑感导致的一种妄想嘛!在死亡的面前,所有的妄想都坠落了,实际上这一次,以往的那种羞耻感最终并未来临。

可是,父亲成为遗体以后,反而不可思议地再度恢复了他活生生的表情。我抽空观察头朝北方躺着的父亲的遗体,掀开白布出神地凝视父亲的遗容。不可思议的变化每时每刻地出现,首先,他与疾病苦斗而歪曲的表情渐渐消失,接着他那乏味的净面显露出来,最后他的素颜上开始有了色彩。

死亡是一种在所准备的恶作剧。然而虽然可以这样认为,但七十年间持续折磨父亲的各种感情——耻辱、悲伤、悔恨、自责、祈愿、断念以及其他大约与安乐无缘的阴影丝毫没有遗留在他死去的容颜上,看到迄今为止从未出现过的不可思议的安详浮现的时候,我仍然无法抑制夹杂着悔恨的感动。我望着与能乐老翁假面如出一辙的父亲的遗容,心想,倘若父亲生前就具有如此丰富的表情的话,那么用污辱来抹去它的是四个兄姐的罪孽,父亲在世期间没能洗雪的那份污辱则是我的耻辱。只有死亡才能雪耻,而我的耻辱则永远不会消失。

这时,我才真正地感受到父亲已经死亡的事实,我感受到无以言表的悲痛,首次泪如雨下。

幻灯画册

面颊上刻有两个酒窝的八岁阿凛咽下一大口唾沫说:"我有梅毒。"

"哦,有梅毒,你高兴吗?"

我六岁,蹲在距离阿凛的脸很近的地方问。

"怎么会高兴呢? 梅毒就是毒,是很厉害的毒哟,而且它还盘踞在我的身上呢。"

阿凛瞪大眼睛,可是看上去没有一点悲伤,我对此不满,在她雪白的大腿上拧了一把。

"好痛!"

"被那么严重的病毒侵蚀,你怎么一点儿也不悲伤?"

"悲伤的。"阿凛突然沉下了脸。

"悲伤的话你就哭呀。"

"我会哭的,你别拧我。"阿凛说着,噘起下唇抽抽搭搭地哭起来。看到她嘴里满是唾沫,有罅隙的黑牙间拖着涎水丝滴落下来,我满意了。

"好啦,别再哭了。"

阿凛立即停止哭泣,用短小的和服下摆擦擦嘴唇。她两条细细的大腿间露出不自然隆起的小腹,倒映在青苔色的地面上,看上去活像青蛙的肚子。

"你那鼓起的肚子里盘踞着梅毒,可它是从哪儿跑进去的呢?"我同情地问。

"哪儿进去的,天生的!你瞧,我的指甲,全都竖着开裂,这就是梅毒的症状,有人说,受梅毒残害的人长大后鼻子会掉落的。"

阿凛又睁大眼睛,颇有几分自豪地说。我凝视着阿凛那有点上翘的鼻子,心想,鼻子怎么会掉落呢?

"撒谎,是谁说的?"

"妈妈说的,她说是我前面的妈不好。"

"你有两个妈妈吗?"

"嗯。不过,前面的妈丢下我,越过马渊川,翻山越岭到很远的地方去了,现在就一个妈。"

她现在的妈是继母,是个声音嘶哑,眼眶发黑的女人。

"你说我嫁得出去吗?"阿凛问。

"嫁得出去。"

同样的话,她已经问过好多遍了。

"鼻子掉了也能嫁吗?"

"嗯,掉了也能嫁。"

"当媳妇的能得到什么呢?"

"和服衬领。"

"啥颜色的?"

"粉红色的。"

阿凛迅速站起来,只要我说会给粉红色的和服衬领,她总会很快站起来,然后,就像要去追寻梦幻中的衬领一般,连句"再见"也不说就大步流星地往回走。

我家是主干大街拐角边的第二间和服衣料店,我是那家的三儿子,也是兄弟姐妹六个中的老小。哥哥姐姐的岁数与我相差得很大,最小的姐姐也比我大十岁。上面的哥哥姐姐每人只相差一岁,而我呢,就像被遗忘后冷不防来到人世的。

哥哥姐姐们都不在家,只有父母和我,外加一个女佣和店里的两个小伙计一起生活。

我的玩伴只有阿凛一人,她是我家隔壁混凝土房的银行便门旁、摆流动售货摊卖烤鲷鱼的女儿。有一天,我站在店门前的橱窗边,阿凛慢慢地靠过来,把脸贴在橱窗玻璃上。

"你在看什么?"

"和服衬领。"

之后,阿凛每天都来看衬领,又告诉我梅毒的事,让我说了她能出嫁后才回家,如此日复一日。我觉得,只有等到阿凛回家,这一天才算结束了。也就是说,在我六岁那年,我和我的一家生活得平安无事。

七岁那年春天,三月风劲吹的早上,我看到小伙计五郎有滋有味地吸着爸爸吸剩的烟蒂,巡警突然走进店中,五郎慌忙把烟蒂藏到火钵灰里站起来。

"……美那家是这儿吗?"

巡警边看记事本边问。五郎一声不吭地连连点头,逃也似的钻向里屋。妈妈正好从里面出来,巡警向她敬礼后,重复了同样的问题。

"是的,美那是我家的二女儿。"母亲回答。

巡警一个劲地眨着眼睛。

"是这样的——"他说着,忽然朝我瞅了一眼,停下了话头。我吓得一哆嗦,赶紧逃进店里。再偷偷回头望去,从围住账房间的格子缝中,看到母亲在巡警跟前软弱无力地倒塌下去。

我一下子站住了,巡警拼命向我挥手嚷道:"喂,小孩,快叫你爸爸来!"我正要往里走,蹲下的妈妈又没事似的站立起来,对巡警说:

"您辛苦了。"

可是,巡警回去后,妈妈又双手抱膝地蹲了下去。

接着,一场暴风雨来到我家。

大风卷起尘埃刮过大街,店门前挂满的黑白两色的帷幕被风刮得哗啦哗啦作响,还紧紧地贴在玻璃窗上。帷幕拉开的地方,许多不认识的人阴沉着脸聚到家中,里面也混有面熟的人,但是和平时相比,他们对我都相当冷淡。

"发生什么事啦?"即使我问,大伙儿也都只说,"行了行了,回头再说。"然后走进佛堂。

佛堂里燃起了线香,有僧人在念经。

看孩子的女佣告诉我,是有什么人死了。

第三天下午,从我家走出一列出殡的队伍,女佣牵着我的手,和出殡队伍一起来到寺庙。

寺庙是一个不可思议的世界,在晃眼的灯光照耀下,听到不熟悉的音乐和僧人们的合唱,我觉得自己仿佛在做梦。我和妈妈一起向前走到佛坛边,把茶色的粉末撒到火中,然后合掌。

197

祭坛上方挂着一张很大的照片,看到照片,我不由得朝她笑了,那是我的二姐美那。她的辫子长长地垂在头的两边,总是穿着那条紫色的裙裤。妈妈拽着我的衣袖回到席间,从东京回来的二哥愤怒地冲着我说:"别笑!"

葬礼快结束时,一位身穿印有家徽服的老者向前与爸爸低声交谈,然后向我们彬彬有礼地鞠躬,站到祭坛前。

"美那,你为什么要死啊?"

老者冷不防地大声叫道,那话音宛如是在斥责。我看到老人的身体好像在前后剧烈地摆动。

"美那,你为什么不对我说一声呢?"他的下颏颤动着,很快变成了喃喃自语。"你和我不同是一条歌道上的伙伴吗?"

然后他垂着头伫立了一阵。这时,周边响起一阵嘈杂的抽泣声。

墓地被大风刮得萧瑟,墓牌东摇西歪地摇晃着。手持圆钲的小和尚在队列的最前面,走在通向新墓穴的曲曲弯弯的石子小道上,桐树的大树枝被风刮得轰响时,圆钲音就会中断一下,小和尚无声地拍打着圆钲。我记得桐树树梢上遥远的空中贴着一只不动弹的风筝。

关于美那的死,家里有一种对私下谈论噤若寒蝉的氛围。我也被家中笼罩着的含有某种秘密的缄默所压倒,而不愿去打听。

爸爸在账房的围隔中默默地打着算盘,有时大声咽下口水,吐痰。偶尔抱起我把鼻子贴在我的脸颊上,说句"奶臭味"后马上又把我放下。

妈妈红着眼,闲时愣愣地发呆,突然间又会歇斯底里地呵斥我。

离我家百米开外有舅舅经营的一家百货店,夕阳西下时,在我家的里院可以看到舅舅家屋顶瞭望室的玻璃窗户上如着火似的红彤彤的一片。百货店后面是他们一家的住所,我们管那儿叫"本家",就是妈妈的娘家。舅舅叫我妈"阿姐"。

大哥文藏在舅舅家食宿,一方面做舅舅的帮手,顺便也学点做生意的本领。

他像一根棍子似的又高又瘦,脸小得不自然,穿一件黑乎乎的和服,系一根角带。他会连续不断地发出弱咳声,除此之外,他的事我就不知道了。

一开始我并不知道他是谁,是我的什么人,便悄悄地向本家的老掌柜打听。我记得老掌柜笑着说,难道你不知道他就是你的大哥吗？但是，大哥和我的年龄差距犹如父子，完全没有在同一个家庭中生活的记忆，也毫无同一血脉的亲兄弟的实感。

在舅舅家的起居室我和大哥一起吃过一次晚饭。

当时，我们吃了虾子天妇罗，我用筷子死死夹住油炸虾不放，大哥语音急促地说："吃的时候别那么急。"我点点头，慢慢咬了一口，又把咬剩的虾放回盘子里。大哥睫毛长长的眼睛一亮，发出粗暴的呵斥："嘴里吃过的东西不准放回盘中！"

我又点点头，不过老习惯一下子改不了，刚被大哥说过，马上就会再犯。我吃惊地抬头看大哥，正好与他锐利的目光相遇，对于自己犯的傻竟不由得扑哧一声笑起来。

大哥发白的谢顶额头上暴起青筋，颤抖的手拿起红色的筷盒，一声不吭地朝我头上狠揍了一下。

之后，他的身影从我的记忆里突然消失了，每当我从画册里看到仙鹤图的时候，就会想起他的容颜和身姿，却想不起他的名字来。

二哥卓治在东京，每年一次，只在年底时回家。他毕业于应用化学专业的学校，如今在一家研究所当技师。

二哥回家的那天早上,我和看孩子的女人被派去车站迎接,二哥和我也并不亲密,我只是模模糊糊地记着他的长相。

火车到了,从下车来到月台的人群之中,我毫不费劲地找到了像是二哥的人。他把下颏深深地埋在衣领中,冷飕飕地呵出白气走出检票口。然而,他走近我的时候,不知何故,我一下子莫名其妙地涌起一种感情,我转身用背对着他。这是因为他的模样在人群之中看上去是自己的亲人,可等到走近一看则完全成了不认识的陌生人。

二哥对年年变化的我没有记忆,照看我的女佣也不曾见过他,完全依赖我对他的朦胧记忆。我不高兴地对女佣说了句"走吧",跟在身体朝咖啡色行李箱前倾埋头走路的二哥身后,焦急地追赶着。

回到家,妈妈让我坐在二哥的膝头,问道:"还是不记得了吧?"他俩对视着笑了。二哥用手掌拍拍我的脑袋,送给我一些大象狗熊形状的巧克力当礼物。

那年四月,我进小学念书,那所学校的校门两旁栽有粗大的法国梧桐树。

入学面试时,老师笑吟吟地问我:"兄弟姐妹有几个?"

我无法立即回答。陪我来的爸爸急忙回答："四个。"

我的入学被批准了。

从开学典礼的次日起，我就拒绝妈妈陪我去学校，即使是开学典礼那天，许多同学也是独自一人到校的。他们抡着草鞋袋，大声嚷嚷着来到学校，我对他们那股子强劲的气势有一种莫名的畏惧。虽然我拒绝，可妈妈还是硬把我送到校门口。我自暴自弃地对着梧桐大树的根部就踢，只要是想激励自己时，我有连续猛踢校门口梧桐树的习惯。

我借口学习，常常跑到宁静的屋敷町的姐姐家去，她们租借了大门很宽、门上按有大头钉的房子，那里挂着教授古筝的牌子。

除了二姐美那之外，我还有两个姐姐。这两个姐姐都天生不幸，两人生下后就眼睛不好。整个眼球上覆盖着一层灰色的眼膜，就是戴上有色眼镜，也只能朦胧地看到别人的表情。不过，只能朦胧地看清东西或许比完全失明还要难受，因此，两个姐姐为了努力地看清东西，养成了脸朝旁边微微摇动的习惯。对我而言，那是个令人悲伤的动作。在路上看到姐姐们迎面走来，我会难过地自动停下脚步。她们俩带着同样的有色眼镜,手牵手地从路边缓缓走来。

大姐亚矢承袭的是生田派筝曲的艺名,三姐香代虽不是艺名,古筝弹得却一点也不亚于亚矢。总共三十人的女弟子们每天轮流来练琴,在这宽敞的房间里,终日琴声不断,只要琴音袅袅,姐姐家中就不可思议地洋溢着美妙的气氛,丝毫不见伴随着她们的不幸阴影。

姐姐们不会强迫我学习,反而给我讲了许许多多的西方童话和日本传说,比起学校的学习,我觉得听故事要快乐得多,往往流连忘返,在那儿等待姐姐们练琴结束。眼睛不好的姐姐居然能把那么多细细的琴弦一根不错地熟练弹奏真叫我觉得非常不可思议,宛如人间绝技。姐姐们不在时,我曾经偷偷来到古筝前,模仿记忆中她们演奏的姿势弹过,可是闭上眼睛连琴弦的东西南北都分不清,琴拨子偏离,弹出的声音难听无比。

亚矢有个男性朋友,名叫佐佐淡水,是个诗人。

佐佐向地方报纸投送他写的长诗,听说他是某士族家的长子,为了街上咖啡馆的女招待而倾囊,被逐出家门。他是高个子,总是身穿轻松的和服便装,头上深深地戴一顶不成形的中间凹下去的帽子,连眼睛都看不清楚。从和服下摆处半露出火筷般细细的小腿,脚下穿一双有毡底的草屐。据说他知道亚矢是《令爱界》杂志的爱好者,亚矢所投的稿件不时被刊用,于是他主动找上门。从那以后,即使没什么事,他也会突然来访。

亚矢很珍视这位唯一的男性朋友,可是,香代和其他弟子管他叫"撒旦",很是害怕。只要有人看见佐佐进门,立刻会叫:"撒旦来了!"于是,大伙儿一齐屏住呼吸。

不过,有时佐佐会在谁也没发现的情况下晃晃荡荡地来到院子里,这时年幼的弟子会尖叫着紧挨向姐姐们。我觉得他有点瘆得慌,但并不恐惧,我总是站在廊边一动不动地看着他俩进行奇妙的会见。

撒旦大都黄昏时来,他那轻飘飘的瘦弱的身躯,就像会渗进树丛那样近在咫尺,在泛黄的微光中飘浮,令人感到周边有一种不甚吉利的妖气。撒旦从大门口进来后,也不要人领路,直接绕到庭院中,伫立在红花朵朵的合欢树下。接着仿佛要激励自己,手拿鞭子似的竹拐杖朝天劈上两三下,像吐痰那样故意咳嗽,大概那是通知亚矢的信号。随后稍稍红着脸的大姐来到廊边坐下,撒旦快速走近她,从怀里掏出一本厚厚的书,默默地递给大姐。大姐抽出夹在扉页处的信,侧向淡淡的光亮处,鼻子贴着信纸读完,用力点点头走进书院,那儿有书橱,里面放满了大姐的藏书。

在大姐抱着两三本书从书院出来之前,撒旦低着头,用竹拐杖顶端戳着蚁狮的沙挨子。他从大姐手里接过书,没脱帽子,恭恭敬敬地施了一礼把书塞进怀里,然后嘴唇一撇,鼻子两侧聚起很深的皱纹,向后倒退着慢慢走到合欢树下,突然与来时判若两人地疾步飞也似的消失在我们的视线中。

大姐蹲在廊边,用她那看不清东西的眼睛注视着大门方向。

这一年秋天,是个阴郁事件连连发生的季节。

秋初,亚矢突然死了。

死之前的三天,亚矢进入很深的睡眠中,怎么叫也叫不醒,家中一片慌乱。之后大姐连续昏睡三天,再也没有醒来。

第二天,自打早晨起就下着蒙蒙细雨,身穿我家店号印字短褂的搬运工们肩扛大姐的棺木走向门外,灵柩车等在那里。

这时,一辆黑色的警车一下子驶近,刚在我家门口停下,一个佩着军刀的巡警就下了车。

"喂,抬棺材的,停下来!"他扬起手叫嚷。又有两

205

个巡警和一个穿白衣服的人下车,他们围住双亲,开始谈判。过了一会儿,爸爸咋了咋舌说。

"不,已经都搞完了,现在我们要去火葬场。"

"总之,停止搬运,回去!"一个巡警气势汹汹地说。

亚矢的灵柩再次被搬运工扛起搬回了客厅。家里的木匠加介当着四个警察的面,用羊角锤撬开了棺盖,吱吱的声响在纸槅门关闭的屋子里分外响亮。妈妈闭上眼睛,用双手捂住耳朵。

棺盖完全打开后,穿白衣的男子手持听诊器,毫不客气地把手伸到棺材里对已经死去的亚矢的脸捣鼓起来。先是扒扒眼睛,随后对一个高傲的警官耳语几句,接着再拨拨嘴唇,又耳语几句,妈妈再也忍不住,在远处说。

"别再这样来回折腾了,别再欺负一个死去的人!"

于是,高傲的警官朝母亲这边回过头来说:"你给我住口!警方有警方的要求,再让我们查一查!"

妈妈跑到走廊边,我也跟着追上去,忽然看见合欢树下站着撒旦,不知他是什么时候来的,像个罪人似的垂头丧气,无精打采地任凭雨淋。

仲秋时节,阿凛死了。

阿凛因患肺病,从夏天起就不见她的身影,还没等到鼻子掉落就丧了命。说好要给阿凛的粉红色和服衬领之后在橱窗里又挂了一阵,有一天,"帮我包一下吧。"一个理着平头的外地男子把它买走了。

同一时间,仙太逃跑了。

仙太是那年春天与五郎一起来我家的学徒,他是个大白天看见老鼠也吓得面色苍白的胆小鬼。有一天他去收款后就再也没有回来。不过,爸爸认为他不是做坏事的人,便吩咐五郎说,大概是在他自己家里吧,去看看。于是,我跟着五郎去了平民区。

果然,仙太在他家的大杂院里。杂院后面有一条石垣壁开始坍塌的小河,他蹲在河边的柳树下,凝视着铁丝网中的军鸡。我在他身后叫道:"仙太!"他啊地叫一声,试图沿着河岸逃跑,但五郎站在前方,他又啊了一声冷不防跳进河里,河水只没到他的膝盖。

"嗨,你这家伙,想偷取货款吗?"五郎在河岸上申斥。仙太摇着手说:"不对,我没拿钱,谁也不向我付款。"

"那为什么不回店里?"

"我不能待在那天天吸毒气的屋子里,没有新鲜的空气,对不起。"

仙太在河中溯流而上,哗啦哗啦地溅起飞沫。五郎在岸上与他并排边走边大声对仙太说:"傻瓜,哪儿有什么毒气。快上来!"

"我不想再回去了,请原谅,请原谅!"

他哭着说。

十一岁之前我都是进澡堂的女子部洗澡的。

傍晚,我穿着藏青碎白花点的浴衣,扎一根深咖啡色的腰带,和妈妈一起钻进女子部散发着香油气息的布帘。妈妈帮我洗过后,会花很长时间仔细地清洗自己的头发。那段时间里,我坐在浴池里,茫然地环视着四周,我常会看到阿凛的继母一屁股坐在浴室的冲洗处,不停地冲洗她的脖子。

阿凛继母的肚子总在不停地隆起或塌陷,塌陷时腹部的皮肤松软地下垂,上方的黑色乳头里自然地滴落乳汁。她看到我就灿烂地笑起来,让我看用毛巾裹着的小猴子般的婴儿。

"瞧,生了个男孩,长大了你要陪他玩。"

她说的是关西方言,这是她心情好的证明。她会根据自己的心情使用各地不同的方言。过了一段时间,她的肚子又开始隆起,肚子滚圆时,在窗户射进的晚霞的照耀下,宛如赛璐珞制成的丘比特娃娃的肚子一样油光发亮。腹部中央一条黑色的线条清晰地竖着贯穿肚脐眼,我看到这些,不知为什么就会想起死去的阿凛。

不过,阿凛的继母肚子变得滚圆时开始憎恨我,那又是为什么呢?她呼吸时肩胛晃动,看上去始终焦虑不安,看到我坐在浴池中,就冷冷地瞪上一眼,用隆起的肚子顶端推我一下,说声:"让开!"

有一天,趁妈妈洗头的间隙,我想独自到浴池去泡泡。挺着大肚子正在一边用水冲洗一边和其他女人高声交谈的阿凛继母嘲笑似的对我说:

"小家伙,等等。你的脖子上还有肥皂沫呢,洗净了再进去!"

我害羞地背朝女人们慢慢爬回去,听到女人们的窃窃私语声。

"这是哪家的孩子?"

阿凛的继母说了我家的店号,"他妈被叫作小町姑娘什么的,年轻时过得穷奢极欲,现在又怎么样?"

我蹲到妈妈身边,一边洗净脖子上的皂沫,一边自

209

言自语。

"什么小町姑娘,讨厌!"

但是,妈妈好像什么也没听见似的把毛巾上的头发放到并拢的双膝上,嘿嘿地使劲用双手搓洗着。

我还和大我六岁的阿岛一起去过澡堂。

阿岛是我家的女佣,比较胖,肤色白皙,只有脸颊是红彤彤的,恰似贴上了圆圆的红色千代纸。

我喜欢阿岛。阿凛死后,曾一直想娶阿岛为媳妇。故乡的大人们看到孩子喜欢八重儿就会说:"哦,哦,是这样啊。长大后就娶八重儿做媳妇吧。"所以我就觉得只要喜欢就可以娶她。

自打和阿岛一起去澡堂之后,我觉得女子都有一股特有的气味,它冲得鼻子深处直痒痒。阿岛要帮我洗澡的时候,我不习惯她的大人腔,故意扭动脖子,撑着胳膊,哆嗦大腿,来为难阿岛。她的脸颊越发红起来,不停地眨着眼睛设法让我平静。当我的调皮过分时,她默默地用力握住我的手。我反射性地用拳头朝她大腿处打去,阿岛细滑的肌肤,像橡胶娃娃那样充满弹性,那触感停留在我那被弹回的拳头上。

我穿上衣服,走出守望台前的便门,在男子部的炉边盘腿而坐。接着,一口气喝下多盐的大麦茶,动作粗野地离开了澡堂。

上到四年级,我从学校领到一枚别在胸前的银色徽章。徽章中间是樱花,金色的校名打头文字凸出,很是漂亮。于是,我把之前用的铜色徽章送给阿岛。一开始,她有点迟疑,当我把放在桐木盒中的银色徽章拿出来给她看过后,阿岛很惊讶,并很快从我掌上抓住铜色徽章放进自己围裙的口袋中。

银色徽章与蓝色的冬季服装很是般配,但在白色的夏季服装上却显不出来。到了换衣的季节,阿岛一副胸有成竹的样子,帮我在白色的衣服上用黑布做了个衬底,在上面缝上银色徽章,再用别针将黑布条固定在白色衣服的胸前。我昂首阔步地走向学校。

有一年夏天放学后做大扫除时,我错误地把搓抹布的污水泼到铁匠铺儿子的新帆布鞋上,我道了歉,但他还是相当愤慨。

"这是昨晚在夜市刚买的!"

他怒吼着,脱下濡湿的帆布鞋甩到地上,可鞋子意外地弹起,一下子掉进倒污水的深潭里,很快沉下去不见了踪影。铁匠儿子变了脸色。

这意外的发展使我慌得不知所措,心想不管怎样,得先把他的帆布鞋给捞起来,于是直盯着污水池看。

"别动,住手!"他发疯一样地嚷道,用食指抵住我的胸口,仿佛要用手枪枪击我似的,脱口而出的居然是与帆布鞋毫不相关的事。

"神气啥,还别上块黑布条,真好打扮!"

冷不防受其攻击,我不禁一惊,接着由于害臊我也失去了理智。

"胡说什么,再说就打烂你的青丹!"

他的眉间有颗无法消除的青黑色瘤子,青丹成了他难以接受的绰号。他沉下脸,脸色难看,一声不吭。他突然开口说:

"什么呀,你姐从船上跳进海里,还扑通扑通地拼命挣扎呢。"

他嘴里喷出的唾沫飞溅到我的脚下,一边啐了口吐沫,一边用双手在空中乱舞,学溺水者在水中挣扎的模样。围着我俩的同学们一下子哄笑起来。他得意忘形,越发来劲了。

"你姐呀,被海豚吃掉了,吃掉了。扑通扑通地。"

他兴奋得眼泪汪汪,我当时虽然无法理解他说的意思,但是他讲的事实却不由分说地压倒了我。我出其不意地受到恐惧的袭击,抓住他只想让他闭嘴。他一下瘫倒在地上,像虾子一样蜷起身子,用双手护住脑袋哭丧似的说。

"不信可以去问你妈,只有你这傻蛋不知道,你不觉得害臊吗?"

我顿时觉得浑身乏力,默默地俯视着他。当时,我一点儿也不觉得悲哀,却不由得想哭。我用胳膊遮住眼睛,自然而然地潸然泪下。

回到家里,我茫然地站到阿岛的身后,她正蹲在灶台前烧火做晚饭。

阿岛回头看我时,我凑近她耳边快速问道:"美那她死了吧?"

"哎。"

"在哪儿死的,你知道吗?"

"俺可不知道!"阿岛用力摇摇头,又低头往灶膛里吹火。

"是跳海死的!"

"你,说什么呀……"

阿岛斥责我,她那严厉的目光忽然投向空中,变得迷茫起来,我顿时感到铁匠儿子爆的料是真实的。

我不愿意相信,若是可以的话,我宁可这样一直不

213

知道地过下去。然而,想要窥探业已泄露秘密的诱惑又叫人难以忍耐。一个月后,我在妈妈衣橱的隔板上,找到一本薄薄的杂志,这是一本名为《花笼》的地方和歌杂志。妈妈不会创作和歌,我想起了美那葬礼上身穿家辉和服的老人所说的话,心扑通扑通地直跳,急忙卷起杂志,来到没有人的二楼。我不敢从第一页看起,一下子翻到最后一页。于是,姐姐的名字一下子蹦出来,名字旁边画有黑线,刊载着和歌同人们悼念姐姐自杀的报道。二姐美那在我上学前的一个月,从摆渡船上纵身跃入海豚成群的北海海峡中。

当时,我感到极度的羞耻。美那为什么要自杀呢?与其说想知道其理由,不如说自杀那种奇怪的死法更让人觉得害羞。我独自一人站在佛堂里,仰视着美那的照片。她的衣领扣得好好的,双下巴处绽出笑容。能够露出如此美好笑容的人,居然从渡船的甲板上坠入泛起白沫的大海,然后在成群海豚的簇拥下轻轻摇动漂浮。一想到那种情景,我的表情又莫名其妙地舒展开了。

就在那时,我意识到自己容貌的寒碜。

一天,我下定决心跑到理发店,抛弃了迄今为止一直保持的德式发型,想剃个和尚的光头。

所谓德式发型其实是从发际处往上理,只留下前边头发的小孩子发型。在我老家,好人家及有钱人家的孩子喜欢用这一发型。而且,对于孩子发型的作用,行驶在城中大街上的马车驭手更加敏感,要是他发现理着德式发型的孩子荡在马车后,就会停下车来说:"嗨,小孩子,危险啊,快下来!"

可是,剃着和尚光头的小孩淘气地荡在车后时,他会故意抡着马鞭策马加速,气势汹汹地怒吼:"这个饿死鬼,叫马踩死你,来啊!"

我就想做那样的饿死鬼,所以避开近处的理发店跑到远的店里去剪,在那家店中歪挂的镜子中,一直确认自己面貌的彻底改观。

我那原本圆形、脸颊鼓鼓的面孔在不知不觉之中变成了颧骨突出、下颏尖尖的颇不和谐的长相。眼睛红而浑浊,眼光令人讨厌,连我自己看了也吃惊。加上光秃秃的脑袋的后半部竟意外地显得长,还有一个圆圆的条状皱褶,恰似在头上倒扣了一只饭碗。额前的头发剪掉后,顺利地往上攀爬的理发推子,在条状皱褶地方起起伏伏。

我随心所欲的行为令认识我的人惊讶,让妈妈悲伤。她的悲伤主要是通过我剃光头而发现儿子不打招呼自作主张的行为,爸爸则不可思议地凝视着我的光头,然后挪开视线,什么也没说。

我把自己的长脑瓜子暴露在众人的视线中,既感到一种告别了"孩提"时代的安心,同时也产生了会受到某种惩罚的难以言表的苦闷。而且那是一种过去不曾受到过的不合理的惩罚,因而觉得憋得慌。看到我垂头丧气的沮丧模样,阿岛盘问其中的原委,我回答说,脑瓜子长得太长不好意思,阿岛听后一下子笑起来。

"什么呀,金星店阿龙的脑袋比你长多了,尽管放心吧!"

金星是附近小巷里那家脏兮兮的小酒馆,我被禁止去那儿玩。然而,那时候越是禁止我就越想去看看。于是,我在街上信步漫游,突然拐进小巷,一头钻进金星酒馆的垂绳门帘,我和阿龙隔着日式酒壶七倒八歪的餐桌,无力地相视而笑。

我在金星酒馆泡了很久。

我和阿龙在昏暗的酒馆角落里一只摆设的招财猫下方下了好几盘象棋快棋。酒馆里总是笼罩着一股酱油、食油和酒混合的味道,浓厚又闷热。金星的客人主要是土木小工、赶马驭手、普化僧、人力车夫、卖艺人和摊贩们。他们围坐在一起,敲着大腕,唱着走调的歌曲,那副情景深深吸引着我。要是看到我沉溺在那种温暖浑浊的气氛中,妈妈会多么悲伤啊。我多少有那么一点内疚,内心却不可思议地感到平和。

我不知不觉地学会了金星酒馆的客人们所唱的奇妙曲调,回家后唱给阿岛听,她提心吊胆地听到最后,说:"别再唱了,坏孩子,这可不是俺的责任。"

我在心中思忖,这也不是我们的责任!

小学毕业的前一年秋季,我被阿岛抛弃了。为了嫁人,阿岛要回老家去了。

妈妈告诉我这一切时,我的内心是复杂的,觉得所有一切都被阿岛给欺骗了。阿岛在女佣房间里做针线活,我躺到她的身边。

"阿岛,大伙儿都在传你要出嫁了。"

"哟,是嘛。没有衣裳,就这样随马车摇晃而去,讨厌!"

阿岛瞥了我一眼,哧哧地笑了。于是,我也莫名其妙地在榻榻米上打了个滚,捧腹大笑起来。

我被阿岛骗了。

一天早晨,我在廊边的金鱼缸旁看鱼,阿岛一屁股坐到我跟前,板着面孔向我道别,还要我今后别再去金星酒馆。我茫然地听着阿岛模糊不清的话语,不过,当她扭头起身时,我一声不吭地冲过去,用手指往她比平时略显褪色的红脸颊上狠狠地掐了一把。

"要走了?"

"是啊,他们来接俺了,俺就此告辞。"

阿岛不仅面部抽搐,连话音也变得判若两人了。

我有点受不了,为什么和我亲近的人都会离我而去?阿岛离开女佣房间后,我再也待不下去,快速爬上正房陡峭的房顶,从屋顶的最高处眺望遥远的黄色原野。原野尽头,黯淡的咖啡色群峰的棱线缓缓地延伸着。阿岛要回到那边的山脚下去了。

公共马车按着喇叭从家门前通过,我看到阿岛与一个陌生男人一起跑向马车。阿岛穿着藏青底小白碎花纹的和服,扎一根红色的腰带,陌生男人牵着她的手消失在马车中的那一刻,我看到阿岛雪白的小腿肚子。我骑在房顶的脊头瓦上看着远去的公共马车扬起尘埃,不停地朝旁边啐着唾沫。

第二年,我进了郊外的中学。

四月末的一天,班主任要我把大哥和二哥的住址想清楚写出来,他俩都是这个中学的校友。回到家里,我对爸爸说了这件事,他低着头说了声:"是嘛。"我记得当时极其困惑的神情忽然覆盖了爸爸的整个脸庞。

次日早晨,爸爸将二哥的住址连同一封信一起交给我嘱托说,大哥的所有情况都写在信里,你只要把它交给老师就行。说话时爸爸不停地眨着眼睛,显得十分和蔼。我把信装进上衣口袋走出家门,走着走着,由于疑惑而渐渐感到难受起来。

我想,大哥现在在哪儿?已经很久不见他的身影了,家里人也不再念叨他,他已经死了吗?可是不曾有过举办葬礼的记忆啊,我只知道他神气的照片夹在家中的相册里。这是为什么呢?我有一种不祥的预感。

我按照每天早晨的走道顺序来到宽广的原野,我总是习惯避开街区的马路,走田间小道去上学。这天早晨,明亮的晨光让人晃眼,原野上篝火冒出的烟雾犹如薄薄的雾霭在流动,我迈着干坏事之前的暴戾步伐,缓缓地走着。边走边拿出信来,扯开了信封,那是封用毛笔书写在卷纸上的信。

前略

您询问的长子文藏之事如实禀报如下：八年前失踪后至今音讯皆无，目前仍下落不明。

曾有一时风闻其潜在京都，然无从确认。鉴于时令，亦无法如愿搜寻……

我没有读到底的勇气，清晰留在记忆中的只是又有一人消失的感觉。我折叠起信件，感到一阵轻微的晕眩，我蹲在小河边，把信封揉作一团扔进水里，茫然地凝视它顺水慢慢流去。

当天从学校回家时我在车站的小卖部里买了一张地图，我想去寻找大哥。记忆中的大哥是个令人恐惧的人，曾用筷盒子打过我的脑袋。不过，我现在却很想见他，见到他后把他领回家。不那么做的话，我担心这一家人的嫡亲姻缘会无止境地松散解体。

我无法正视留在家中的其他成员的容颜。我不能理解，无论大哥失踪有何原委，大家对仍有可能活着的他不闻不问的理由究竟何在。要说不明白的还有我家洋溢着的那种异样的明朗氛围，真叫我百思不得其解。姐姐的横死，哥哥的失踪，然而家里人却好像什么也没发生似的快乐地有说有笑，我开始对自己的亲人产生了某种不信任。当时自己与家人见面时互相笑笑之后会感到深切的悲哀,这是我始料未及的。

我单纯地下定决心,打算外出旅行。

夜里,我躺在床上打开枕边的旅行地图,出人意料之外,日本还是个不小的国家。瘦长的整个日本领土上,居然布满了无数的铁道线,活像手掌上无序伸展的血管。

京都,我找到了京都。应该先去京都!尽管只是风闻,但大哥唯一有可能就是在京都。京都距离我家乡可有一千二百公里啊,中京区、伏见区、东山区……一种在陌生土地上漂泊的担忧使眼前的地图模糊得看不清起来。

我没有关键的旅费。要是想请哪个人帮我出钱,那就非爸爸莫属。然而,迄今为止爸爸对哥哥姐姐的一切行为严加保密,哪怕我胡编旅行目的,爸爸恐怕也不会同意中学一年级的小儿子独自外出旅行吧。我想到了二哥,他是我男性的兄弟,跟他谈或许有门,我觉得自己如今只能依靠二哥了。

我有生以来第一次给自己的哥哥写了封长信,那是我迄今为止所经历的最最费神的工作。二哥的回信立马送到了。

——别说那些争强好胜的话,现在还轮不到你出场!等你长大些再商量,眼下你该专心致志地锤炼自己那懦弱的意志。

　　与这些文字同时送达的还有沉重的货物。

　　打开一看才知道那是一套剑道的防护用具。

驴　子

一九四五年七月初一个晴朗的午后,我在日本北方的城镇疯了。

起初,我糊里糊涂的,并不知道自己疯了。是兵藤虎臣先生告诉我的,要是他不对我说,或许我一辈子也不会知道。

看到我的疯狂,兵藤首先被激怒了。

"小张,你疯了!"他嚷道。

过了一会儿,他从愠怒中平静下来,和缓地说:"张永春,镇静。不要发狂。"

最后,他默默地拍拍我的头。

我意识到自己发疯是在这之后。

十天后,兵藤把我带到这里,这里距原先的城镇有三小时的火车车程,是本州岛最北面靠近海边的温泉城。我的一条胳臂被他紧紧地夹着,怀着满心的期待和惶恐,走进了位于城边高台地上的阴森森的医院大门。接着由兵藤的朋友、一位老医师为我诊断,结果得到了精神病中的一个学名,我现在很想知道这个名称,却无法知晓。

老医师详细向兵藤了解了我的病情,大致心里有了底,所以从一开始就看不起我。从兵藤的介绍中他知道我是个十九岁的中国东北人,两年前来日本留学,由于我的愚蠢,老是会迷失留学的方向,而且我发疯的主要原因看来还是对二胡的异常的痴迷,对此,老医师特别感兴趣。

"您已经明白很多情况了。不过,他完全忘掉了日语,发病后竟然一句日语也没讲过。"兵藤补充说。

"是吗?"老医师说,"他不说日语,那会说当地话吧?"

"是啊,他在口中念念有词,讲的不知是不是当地话。我家里还有一位中国东北人,我问小张在讲些什么,他回答说听不清楚。"

"原来如此。"老医师用力点了点头,把双手放在我的肩上。

"想老家吗? 把你送回去吧。"

我不由得瞪大眼睛,他的话并没有刺激我的神经,而是触及我的心理要害,刹那间我的眼前呈现出朦胧的故乡幻影。眼睛自然而然地湿润了。他的脸上清晰地浮现出确信的微笑。诊察就此结束。

老医师站起身,向兵藤诉说着什么,最后他们总算达成了共识,互相点着头露出安心的笑容。我已经察觉到了医师的误诊,他们波澜不惊的互相认可更强化了我的感觉。

接着他们长时间地商量了处置我的办法,兵藤压低嗓音,不时恳求着什么,医师终于允诺了。

"是吗?您说到这个份上,就那么定夺吧。不,就交给我吧,错不了。"

医师催促我起身,他轻轻拍着我的双肘,语调异常亲密地说:"来,咱们回东北去,你要回故乡啊!所以你呀,要听我的。"

随后医师快步走出诊察室,身后的走道里传来他的叫嚷声。

"护士,新来的东北人,带去特三号。"

——打那以后,我作为一个疯子,被幽禁在这栋被称作"特三号"的建筑的一间屋内。老医师每天吃完早饭后来到我的房间,重复那几句一成不变的话:"心情好吗?请稍作忍耐,我们马上就要回东北了。"然而，一点儿也看不出会让我回国的迹象。如同他的医术，他的话也无法令我相信。因为他的话与我的辨别能力无关，正以难以言喻的魅力动摇着我正常的意志。我就这样做着望风捕影的美梦，在不知不觉之中丧失了时间的观念，居然不知来这儿已经过了几天。每天都这么酷热，该是七月末、八月初的盛夏了吧。

两年前，也就是一九四三年的初夏，十七岁的我来到日本。怀着共同的目的来日的共有数十人，大家一起从祖国出发，到日本后分成两三人一小组，分散到各地。去关西地区的人较多，我们来到北国。所谓我们，其实就是我和战新汉两人。

坐上开往北国的火车的除了我们之外还有少数几组人，他们在入夜之前都先后下了车，只留下我和小战在列车上摇晃了一夜。为了排遣担忧，我俩交流着今后在日本生活的不着边际的希望。

"要窗外种有大向日葵的房子才好。"小战说。向日葵是他家乡的花。我说："只要没有狗，什么样的房子都成。"小战笑我："真没出息。""我一说怕狗，谁都会笑。其实我孩提时代，在家乡庙会那天被狂犬追着咬住了节日穿的好衣服的下摆，不顾一切地从土桥上跳到河里才免遭撕咬,被撕烂的天蓝色衣裳的布片随风飘落到河堤上。你可不知道那疯狗的可怕。"我们轻声交谈着,抵达靠海岸的小城已是第二天上午了。北国正是樱树花落后长出绿叶的季节。

所谓的樱树长叶的季节是到车站来接我们的中学校长教的。我们到车站时,站台上到处是太阳小旗,如此夸张的欢迎令人瞠目。后来才知道那些旗帜并不是欢迎我们的,而是欢送坐火车与我们反向而行、扎着白色缠头布的出征士兵的。迎接我们俩的就是这位五十出头的老者一人。

他站在破碎纸质小旗散落的站前广场中央泉水干涸的池子边,曲着背,宛如一座铜像。他身穿鞭子那样细长的土黄色的瘦小西服,胸前并排佩戴着两只闪着白光的勋章。领路人介绍后我们向他行礼。"欢迎。"老人说着,以将军的姿势做军队式的敬礼。我觉得他大概真是位将军,其实他就是负责带我们俩的中学校长,名叫兵藤虎臣。

兵藤先生带我们走出广场,手指紧挨着广场的水渠边绿油油的街树对我们说:

"瞧,这就是樱叶,大和魂的代表。樱花谢后,就长成那样。很神清气爽吧?那是花谢后的美,是死后的美。想学习日本,就得懂得这樱叶的美啊。"

——兵藤家是一座很大的宅邸,白墙边高高地包裹着黑色的板壁,位于城址所在的高台地脚下的古色古香住宅区的一角。白白的古道上行人很少,偶尔有居住在附近的军人骑着白马策马而过,红松街树下的四周像睡着了似的显得十分宁静。被微风轻抚的树梢和竹丛发出声响,早晨和傍晚,城址的杉林里有乌鸦鸣叫。面朝里院的独立房子的客厅成了我俩的居室,我们每天去兵藤当校长的城镇边缘处的中学上学。

倘若没有五郎的话!

没有五郎,在这么好的环境中,我们的留学生活一定会有个良好的开端,而且,或许我也不会成为精神病患者。正因为有了五郎,我们的留学生活一开始就充满了不安。

首次走进兵藤家门的那天,从碎石子路踏入玄关,蹲在台阶边的女人站起来,她脚边一条背部黑色、竖起耳朵的大狗蹿出来,我吓得胸口发堵,不知所措。狗踢着碎石冲着我们俩狂吠,我一下子躲到小战的背后屏住呼吸。而兵藤则在一旁说,别那么害怕,是经过训练的狗,不会咬人的!它是在欢迎你们呢。然后又像对自己的孩子那样冲着狗温和地说:"五郎,好啦。到妈妈那儿去吧。"

叫我吃惊的是,那条狗像是点了点头,急忙退回了玄关。兵藤露出满意的微笑,回头对我们说:"这条狗也是我们家的一位成员,我们家有我、那边的内人和五郎三个。"

这是后来才知道的事。五郎是从一位尊贵的人士处领来的,没有子女的兵藤夫妇像对自己的亲生孩子一样溺爱它。他们称五郎为"君",叫我俩为"你们"。

我们俩在列车交谈的两个小小的希望都落空了,这座远离正房的独立屋子的窗外不见向日葵,小战一副沮丧的表情,说咱俩真是难兄难弟啊。我的背脊上淌着冷汗,连笑也笑不出来。

留学生活对我而言就是连续的困惑,对许多事情我都感到困惑。五郎就是触发点,接着种种意料不到的情景在我眼前上演。离开祖国时,我虽然不像小战那么了解日本,但自信对日本还是大致了解的。然而到达日本后,才发现日本有很多难以理解的地方,尤其对人最为甚。我的周围完全没有人告诉我日语和日本多么美,在自己国家拉黄包车的车夫告诉我日本人在家是英雄,在外是狗熊,兴许就是那样。

兵藤对我们说自己是纯粹的日本人,不知他所说的"纯粹"是何意思,如果真像他说的那样,那对我来说就再也没有比纯粹的日本人更难理解的了。

他是一个充满自豪感的人,因为是有名无实的后代,曾在贵族子弟学习的特殊学校里供职,还有皇族的好朋友。他常常告诉我们,每当心情不佳时,只要捧起祖先的遗物,武士的热血就会立马沸腾。事实上,他在屋内的壁龛处放置了大刀、长标枪,桌上放有刀剑护手,仿佛那些祖先的遗物在支撑着他。此外,他还有个极好的桐木盒,里面装着他教过的皇族学生们送的各种东西,每一件东西的皇族赠送者姓名、赠送日期都毫不遗漏地记得清清楚楚。他挺直身子,闭上眼睛,郑重其事地列举皇族学生姓名时的表情是心醉神迷的。

然而,他内心的武士情怀和亲狎高贵的热情是并存的。觉得他在生气却又马上露出笑容,一不留神就激情满怀,转而又冷若冰霜。他会用怒吼的声音褒奖人,用激励的形式来夸奖人;还会用动听、殷勤的话语抠出别人的弱点和要害。可以说敏感地指出人家弱点的手法是他的特技。

我怀疑迎接我们到来之前他是否已经事先设计好了合适的生活方式,我们每天的生活中加进了严格的戒律,这些戒律均因我的言行而诞生。他为了规范我才制作了我们的生活,仔细而又持续地寻找我的缺点,将其变成一个个禁戒融入我的生活之中。而且,他对我最辛辣的责备并不是针对我的犯错,而是我的率真。

譬如到达第一天吃晚饭时,他问我初到日本的印象是什么?我想了想,回答说日本的落日很小。是在来这边的途中,从列车车窗里看到的印象。那落日小得可怜,不如我们国家的落日那么大。我说,落日太小总有种寂寞的感觉。他听后露出白齿无声地笑笑,不时变换不可思议的笑容,忽然表情严峻地说,日本的落日或许不大,但朝日很大。

次日早晨天还没亮,我们就被叫起来去城址,就是为了看日本的朝阳。而且,朝拜日出就此成了我们的日课之一,他对我说的日本落日很小的话长时间耿耿于怀。当时对于同样的问题小战的回答是"樱叶",这一回答自然成了他不时驳斥我的工具。

我只不过是老老实实地讲了真话,可他对这样的我总感到烦躁、憎恨,这令我百思不得其解。每次当我受到责备时总觉得意外,在接下来的困惑之中,别说生活的自信,连自己的意志竟也渐渐地丧失殆尽了。

我感到兵藤像个神,我对他一味的恐惧,同时我还害怕小战鄙视我,会离我而去。

倘若兵藤以小战为基准来设计我们的生活,那我确信自己的生活会过得更舒心、更阳光些。我和小战作为留学生总是连体的一对,我的生活也就是小战的生活,束缚我的戒律同时也束缚了小战。每当新戒律增加时,我总是不能不对小战充满内疚。最初时,他也同情我的倒运,日子一久,随着戒律的增加,他的眼神中会闪现一瞥非难的神色,并一天天变得浓郁起来。

秋天,在学习剑道时,老师问我们日本刀是什么,小战回答说是日本人的灵魂,我却只能回答说就是日本的刀。于是,小战和我的优劣得到了众人的认可。我被大家叫作"驴子",而且这称呼还不胫而走,他们是把我的无能和无志比作整天戴着眼罩围着磨盘拉磨的驴子了吧。就在这时小战开始接近五郎了。

五郎由于受到兵藤的溺爱,其性格与兵藤也如出一辙。它对我也颇为辛辣,对我的弱点亦相当敏感。把这个我难以接近的对手作为对象,小战贤明地渐渐离开了我。五郎与小战的关系不错,小战一声令下,便能自由地掌控五郎,而我只能远远地从窗户里看着他逗狗,那可真是叫人胸闷的观赏。

秋末一天的午休时,我拿着饭盒,在大如牧场一般的校园里信步而走,来到校园和田野交接处的河堤边,背靠河堤打开了饭盒。校园中央一队刚完成军事训练的武装学生正在列队,点名一结束就起了纠纷。一个学生被拉出队列遭到殴打,我边看边吃,饭盒里装的又是酸梅干,我用手指将其抠出,向堤外扔去。教官很有耐心地揍了几遍,打耳光的声响不时随风传到堤上。每当隐隐约约地听到那声音,我就停止进食,干嚼着无味的米饭。

"原来是小张啊。忽然头顶传来话声,回头一看,堤上栅栏处有张脸冲着我,我觉得眼熟,想起他是我们同一组的同学。

"是你扔的酸梅干吧?"他说,"正中我脑袋了。"

我慌忙站起身,向他鞠躬。

"别搞得动静那么大,点头哈腰的。"他笑了,"就你一人吗?"

我扫视一下四周。

"上这儿来吧?"

这话大凡是要责备、作弄我的人一开始说的,可堤上的人是边说边笑的。

"我在问你要不要到这边来。这儿没风,挺暖和的。"

从栅栏底部伸出一只手来,手很大,脏兮兮的。我不知不觉地踮起脚握紧了那只手,并借力爬上了河堤。背面的土堤下躺着四五个学生,我从别在胸前的姓名牌上知道他叫飞田。

飞田说:"我帮你拿饭盒。别踢起脚下的土,跳下去!"

我从躺在那儿的人的头上跳了过去。

这儿真是个不可思议的世界,他们解开了校规中严禁拆除的绑腿,让白皙的肌肤曝露在阳光下。我立刻直感到这是远离一切指责的地方。有一个学生正在抽烟,这些违规的行为在我的眼里竟是如此的新鲜。

飞田一屁股在我旁边坐下,递给我盒饭。

"来,瞅瞅这边的风景,慢慢吃,时间还有的是。"

我想继续吃没吃完的饭,可丢了筷子,大概是爬上土堤时掉的。

他从口袋里拿出一双白色的筷子放在我膝盖上,我默默地看着他,他也回看着我。

"要是觉得不干净,可用手巾擦一下。"

"不是那个意思。"

我刚把筷子放进嘴里,飞田的表情突然迷蒙起来。我的脸罩住饭盒,急急地拨动筷子。

"你的菜,只有酸梅干啊?"一个嘶哑的声音问我。

我点点头,头依然垂着。

"你们来了之后,听说校长家领了各种特别配给品,他没给你们吃啊?"

我惊讶了,抬头望着这人的脸。他鼻梁端正,目光锐利,不用看姓名牌就知道他叫早濑。他是整个学年学生中最出色的,是各种工作的负责人,我认识他,也知道他的名字。但是,为什么早濑也会在这儿呢?我惊奇不已,一声不吭地凝视着他。早濑的嘴角泛起嘲讽的笑容。

"太阳旗盒饭。"抽烟的学生说,"小战说是有午餐会,让那帮有钱的家伙请客吃菜。让你一个人吃这太阳旗盒饭可不地道哇!"

我的咽喉处一下子被堵上了,我感到非常不满。我盖上盒盖,用手巾擦好筷子,还给飞田,道声"谢谢"。飞田取出一根香烟问:"抽吗?"我慌忙缩回了手。

"保险起见,还是让他抽一根好。"早濑说。

"别担心,小张不会告密的。"飞田说。

"小战就会。"另一个学生说,"我之前和女生一起散步就被告了,东北人不可信!"

235

"东北人也有各种各样的。"飞田说。

上课的钟声响了,他们站起来,脚踩在四周的草地上。飞田踩灭烟蒂,并没有看我,说道:"愿意的话再来,菜是搞得到的。"

我问:"每天都来行吗?"

"想来就来吧。不过,让老师知道的话就惨了。"

而后,大伙儿在土堤下站成一列朝校舍走去。

第二天,我又到堤后的向阳处去了。第三天,他们竟叫我解开绑腿,还笑我小腿上没毛。早濑颇为不屑地说:"你小子终于入伙了。"之后就不再吭声。从那以后,我每天都去,那儿是栅栏之外,是我们日常生活的圈外。我始终觉得只有生活之外的一切在迎合自己,只有在那儿自己才显得积极,这就是留学生活给我带来的命运。

我成了常去那儿报到的伙计,我对其中的两个人很感兴趣,一个是飞田,另一个是早濑。

我不知道是否还有比飞田更想死的人,他完全着迷于天空和死亡,他说可以清晰地梦见自己死亡时的情景,并向我们仔细描述过。谈起天空和死亡,他的眼睛会带着醉意,显得微微浮肿、睡眼惺忪,眼白部分布满血丝,并用极其明朗的口气向我和土堤背后的伙计们宣布,明年去当航空志愿兵,后年去死。

　　早濑给我留下他是唯一不着急去死的人的印象。"活着也是为国"是他一贯的主张,并一直希望成为海军高级军官。不论对方是谁,他一概通称为"你小子""你们这帮家伙"。他是校内的秀才,引人注目,但是在土堤后面却是个阴郁、怠惰的学生。由于经常呵斥全校的学生,他的嗓音嘶哑,目光似利剑,视我为鼠辈,完全不放在眼里。与此不同的是,有时他会表现出与兵藤不同的焦虑和憎恶,令人害怕。

　　——一个月后,北国的初冬来临,积雪覆盖了土堤。若没有飞田的庇护,我恐怕会因远离暖炉而冻死。我首次在异国过年,我十八岁了。

　　初夏,来到日本一年后的樱叶时节,上方向我们下达了勤劳动员的指令,要去的是距城镇约四十公里的北面、太平洋沿岸一个名叫火沼的沼泽边。这一指令对我而言是个福音,我朝着比土堤更加遥远的天地出发了。

　　我们在沼泽边生活到九月。

　　工作就是将通到沼泽地中心的道路沿沼泽延伸至海岸边。沼泽像湖泊那么大,杂树林长到湖岸边,山白竹蔓延到湖水边。我们要在这种地方开路,必须削掉山的斜面,将路面做平夯实,使之能够承受运输修建海岸炮台建材的重量。我们集体居住在沼泽边村落的学校里,终日施工不息。

从一开始起,施工就显得极其艰难。我就像我的绰号"驴子"那样干活,在那儿我远离了所有指责我的人,只要默默地干活就能度过一天。劳动使我感到快乐,我的大个子身材在这想不到的地方发挥了作用。我有五个人的力气,同学们都视劳动为苦差,遇到难处时,肯定会叫我,我像头驴子那样公平地帮助每个人解决困难。这么一来,管我叫"驴子"的人渐渐消失了,不知不觉之中,我的张姓恢复了。再过一个月,称呼变成了"张大人",我居然觉得这儿不是日本,自己来到一个别的世界。要是没有小战在,我想或许自己可以转世再生。

小战来到沼泽后,身体突然连续不适,大多不出工。他躲在树荫下,不停地磨着劈柴刀,没刀可磨时,他会硬把别人的内衣抢过来洗了,以至于被人称为"战洗衣"。

讨厌的梅雨季节过后,暑热开始造访北国。从这时起,病人增多,作业进度明显下降,好不容易适应暑热后,又渐渐缺粮了。村子又小又穷,难以满足我们这些人的食欲,一日三餐变成了两顿,量也眼看着越来越少。

进入八月,飞田他们的飞行志愿兵中每天都有一人中暑倒下,他们让每天负责送午饭的我从厨房为他们送一碗酱油,然后一饮而尽,在学校的操场上一圈圈地奔跑,最后吹出褐色的泡沫倒地,我受他们之托,把病人送到看护室,向教师报告说是中暑倒地的。看护室很快就被这些朝气蓬勃的"死神"占满了,他们从繁重的劳动中解放出来,并排躺着终日努力学习,待到某一天,就脸色红润地出发去应试。

就在飞田他们走后不久,粮食见底了。因遭遇暴风雨,一部分道路被冲毁,施工还需延长一周。于是紧急向山对面的村庄购买这一周的粮食,还组成了以早濑为队长的运粮队,我也被选上了,这类困难的卖体力的活计,我从未幸免过。

这一天,打早上起太阳就火辣辣的,十分炎热,我们拉着从村里农家借来的板车,排成一溜翻山越岭去散落在各处的小村子积少成多地购买粮食,买到的米极少,豆子最多,早濑队长、我和其他五人搬运大豆。每次爬坡时,其他板车处就会响起"小张、张大人"的叫声,最终我只能一辆辆地把板车拉上坡。下午,天变得更加炎热,饥饿和疲劳使得我的意识蒙眬起来,午饭是每人三个煮熟的马铃薯,边走边吃,吃后更觉饥饿。我倚靠在板车车辕上,驱使身体向前行走,总算回到了火沼。

队长早濑像是对我进行慰劳,免除了我接下来的劳作——将板车上的货物搬进粮库,还说我浑身上下因汗水和尘埃弄得活像个褐鼠,半命令式地让我去沼泽里洗个澡。这对我来说完全是意料之外的恩典,我向早濑道谢后很快下到沼泽边,在水边的柳树荫下脱下衣服,浸入水中。靠近沼泽边的水像烧过那样是温热的,离岸越远水才越凉。我向中心部慢慢游去,身子浮在水面上,把头顶浸在水中。

不一会儿,喊声从水上传来我朝岸边望去,见有人在柳树下向我招手,那张白皙的脸使我立刻想到小战他不去出工,总在阴凉处待着,所以脸比谁都白皙。我转身向岸边游去。

上岸后,小战亲热地把他的毛巾递给我,快速地说:"早濑在叫你,他在粮库前等着,快点。"

我粗粗擦干了身体,赶紧穿上衣服跑过去。在攀爬分校的上坡路上,碰到其他陆续跑下来的队员,他们个个像酩酊大醉者那样摇摇晃晃,低垂的头左右晃荡,一声不吭地朝沼泽地方向走下来。

粮库中间隔着广场,在校舍的对面。靠近仓库门边,和我一起拉大豆板车的其他五人都已经排好队,早濑两手合抱在胸前站在他们跟前。我站到队列末尾,早濑开腔了。

"今天大家辛苦了,在解散之前,要检查一下你们的衣裳。倒不是我要怀疑大家,反正粮食是这般奇缺,老师如此命令,我也不得已。其他相关者刚才都查过了,你们是最后的。好,咱们开始。"

他走进队列,从我反方向那头开始一一检查。最后双手同时按在我裤子的两边口袋上,这时我觉得右腿上有一种硬物的压迫感,早濑用锐利的目光盯着我。

"右边口袋里装着的是什么?拿出来看看!"

我的手伸进右边的裤袋,碰到了一粒粒小圆点,张开手掌抓一把,明白那是大豆。从口袋里抽出拳头展开一看,大豆从指缝里漏到地上。我惊呆了,出神地看着手掌上一颗颗不可思议的黄豆。

"混蛋!"

早濑冷不防一声怒吼,用手掌狠劈我的手腕,豆子飞向天空,蹦蹦跳跳地散落在仓库门前。早濑眯起眼瞅着我说。

"你这个东北佬,还想蒙盗我们的粮食?"

"不对,我不知道口袋里有豆子!"我惊讶地说。

"别嚷嚷!"早濑朝我赤足的脚趾踢了一下,压低嗓门,"可你的口袋里有大豆啊,这又是怎么回事呀?"

我也不知是怎么回事,他的疑问正是我的疑问,我俩将这一段问答重复了三遍。

"这样,"早濑的嘴角微微泛起笑意,朝另外五个人温和地说:"刚才你们都听到了,我不会再追究小张,不过,我还是要说,小张今天从早上起就在大豆旁工作,而且他口袋里装满了大豆。现在我们谁都在挨饿。——接下来的判断由你们去做,不过这件事希望大家别对他人乱说。这项工程还将持续一周时间,完成任务前希望大家都没事。就说这些。"

夜幕降临了,早濑令一人去叫监督的老师,命我将口袋里剩余的大豆全扔进粮库。我照他的话做了,打在仓库墙壁上反弹回来的豆子,早濑用脚尖小心翼翼地拨回粮库门口。

老师来了,早濑向我们发出口令,报告说:"作业完成,经检查无异常。"老师说:"大家辛苦了。"他站在粮库门前朝里面暗处环视了一圈,亲自把沉重的大门轰隆轰隆地拉上,紧紧关闭,发出沉闷的声响。

直到晚饭前,我始终处于茫然的状态。尽管没有任何偷大豆的记忆,但犯罪的意识却渐渐浓郁起来。要是飞田在,他一定会帮我解开这个谜团的。然而晚饭时,我隔壁原本该是飞田的座位上坐着的是早濑。晚饭是豆粥,我在东北时就喜欢吃大豆,可这天晚上却怎么也不想吃,只是喝了点粥,用筷头一一碾碎剩在大碗底部的黄豆。早濑把他的脸凑过来说:"你这家伙,豆子一点也不吃嘛。不至于是在顾忌我吧,不必客气了。"

我低着头再次强调,"我没有偷窃。"

早濑哼哼冷笑道:"你这家伙,忘了自己做过的事。大概是过度劳累和营养失调导致脑子不好使了,尤其像今天这样的大热天,什么也不吃地劳动,谁的脑子都会出问题的。一不留神地干了,过后就忘得一干二净。我也一样,今天在哪儿撒的尿,现在一点儿也想不起来了。你这家伙又如何?能有把今天做过的事从头至尾给我说清楚的自信吗?"

听他这么一说,我觉得自己的记忆的确有着种种缺失,清晰记得的只是眼前似乎长达百里的数根盘根错节的山道及车辕压迫腹部的感觉。我默默地摇摇头,早濑晃着肩不出声地笑了。

本周当班的学生用水壶往大伙儿空空荡荡的大碗里加注开水,早濑说要去倒掉豆子,我朝他的碗中望去,见里面的粥几乎一动未动地留着。看到我惊讶的样子,他撇着嘴笑了。

"这可是你这家伙最喜欢的东西,不够的话给你吃。你现在不想吃吧。"

我们把大碗藏在腋下,走到天色已暗的户外,校舍后面低矮的崖下是一条窄小的河流。那成了我们倒垃圾的地方,我们从崖上将碗里吃剩的东西倒下去。正要往回走,"等等!"早濑说,"在这儿蹲下!"接着他又俯视着小河慢慢地说:"今天你这家伙的行为要是让兵藤校长知道了会怎么样,你想过吗?"

我一惊,抬头看着他的脸。来到沼泽地后,完全忘记了的兵藤那张表情辛辣的脸与早濑的脸重叠了。

"还不光是今天的事,"他接着说,"之前你和飞田一起到芋头田里偷盗芋芳的事我也知道,在沼泽岸边烧树根时把芋芳放到灰烬中烤来吃,还偷胡萝卜吃,你这家伙比别人多吃了一倍。肚子很饿吧?不过,偷就是偷,兵藤校长会不会听偷窃者的辩解,你可是很清楚的。"

"你打算告诉校长先生吗?"我狼狈地问。

"告诉还是不告诉,就全看你的表现了。是给留学生抹黑还是以工程功劳者的身份回城——对我来说都无所谓。"

我抱着颤抖的膝盖:"请不要对他说。"

"是嘛。"早濑捡起脚下的石子,扔向对岸的河滩。"从刚才石子掉落的地方往河的下方仔细看看,有五六个白白发亮的东西,你知道那是什么吗?"

我透过夜幕望去,果然如他所说,对岸的岸桩边散落着几个白乎乎亮闪闪的东西,我不知道那是什么,就说像是白铁皮。

"对了,那是空罐头。"早濑说,"我们到这儿后,一次罐头也没吃过。那么,那些罐头是谁吃的呢?"

当时我真没有思考这个问题的能力。

"是老师!"他一吐为快,"老师们偷偷地在吃。我们吃南瓜和豆粥,像牛马一样干活的时候,什么也不干的老师们每天在吃罐头,到半夜里将空罐扔到对岸。"

身后有人来了,是炊事员来倒铅桶里的垃圾。早濑挺直身子仰望天空,"看,第一颗星星!"他大声叫喊,又突然低声快速地说,"今夜别睡觉等着,熄灯后有人会来接你。你来的话,我就不告诉校长。"

早濑一下子转过身来朝黑暗的校舍方向大步流星地走去。

当夜,大伙儿睡得很死。值宿房间熄灯后不久,一个不认识的人来叫我。我假装不愿听别人的打鼾声从窗口探出身子,用拳头敲敲眉间,那个人爬到窗下,喷喷地咋舌。我从窗口跳下来。那人把一双草履扔到我脚边,然后默默地朝校门方向走去。来到粮库前,黑暗之中听到早濑沙哑的声音,"来啦?"除早濑外还有两三个比夜晚更黑的黑影堵在我的面前。

"来得好。"早濑的话音在我耳边轻轻响起,"你去把粮库门打开!"

"开门?"我惊异地反问。

"是的,我们有事要办,快开门,别啰嗦。"

"给我钥匙!"我说。

"别犯浑。"早濑突然照我的侧腹捅了一下,我一个趔趄,靠到门上。

"这是秘密任务,没有钥匙。只要拉一下门就会开,快点儿!"

虽然我知道那是无用功,但还是在傍晚时老师当着我们的面高声锁闭的粮库大门上寻找门拉手。这扇沉重的大门在关闭的同时,内锁的横木会落进门框的锁眼里,开门时要将呈7字形的铁棍钥匙插进门下方的细长竖形锁眼中,抬起内锁插销的横木才行。没有钥匙,关闭的库门是无法开启的。

"轻轻地拉,快点儿!"

早濑执着地催促,我没法子,只得拉门。我以为门肯定是上了锁的,所以用力去拉。门突然松动,使我的身子朝后倒仰。刹那间,我的力量使整座仓库倾倒,即将在我身上崩溃的错觉向我袭来。我急忙向后躲开,一下撞到早濑的胸口,被他抱住倒在空稻草包堆上。有一个人很快冲上去止住轰隆轰隆自动滑行的大门。之后,他们屏住呼吸,长时间纹丝不动。

过了一阵,背后的早濑试图推开我的身体,朝我的侧腹一阵乱打。站起来后,另一个人一把抓住我的前襟,"傻子,你在干什么!"

"住手!"早濑对他说,"这是重要的客人,别打他。"

他命令我在门边望风,和其他人一起进了仓库。不知何时跑进我口袋的大豆,没有钥匙也能打开的库门。我凝视着他们消失后静得可怕的库门前的黑暗,仿佛在做噩梦。

不一会儿,仓库地板上传来嘎吱嘎吱的声响,隐隐看到白白的苹果箱大小的箱子,听到早濑在叫我。走进仓库,"扛上这一箱。"他对我说,"快快!"还拍拍箱子。箱子相当重,扛在肩上沉甸甸的。有一人蹲在库门边,做着抚摸门框锁眼的动作,我扛着箱子等待他做完。一会儿他站起来,拍了拍手。

"好了吗?"

"好了。"那人低声回答。

我们都来到仓库外,库门轰隆轰隆地慢慢滑行,砰的一声撞到门柱停下了。"好了吗?"早濑问,隔了一会儿,那人回答:"成。"早濑推着我的肘部说,"走吧。"

我们来到仓库边的田间小道上,开始往山上爬。大伙儿都像哑巴那样默不吱声地走着,箱子的棱角嵌进衬衣下的肌肉,几乎折断我的肩胛骨。每当我站定调整箱子的落点时,殿后的早濑总是用小青竹性急地抽打我的屁股。

半道上折进树林,踩着山白竹走了一段,在林子尽头处停下了。头顶上一片带状的星空倾斜着,看上去我们像是来到了一片林子与林子交界处的细长草地上。

"到这儿就行了,把箱子放下来!"早濑说。

箱子落地后，一人拿着细长的铁棍撬开箱盖，朝箱子的侧面踢了一脚。箱子侧翻，里面的东西发出金属沉闷的声响蹦到草地上，暗淡的星光落在它们的身上。

大家围坐在它们周边。

"都给我听好了，"早濑发声，"大家辛苦了，今夜特召开慰劳会发给大家罐头，每人五个，拿到后一齐开吃，吃的时候当心别割破了嘴唇。"

"是，明白。"有人怪声怪调地回答。

早濑用罐头起子一个接一个地打开罐头，分发到每人跟前。很快，浓烈的香味直冲鼻子，口中的唾液直往外涌。早濑环视周边，叫了声："驴子！"我嘴巴里充溢着口水，以至于不能立即回应。他回过头来，说声"傻蛋"。

"怎么老站着，坐下！"随后在我跟前放上罐头，"吃掉这些，你的任务算是完成了。我是守信的人，不会对校长说什么，放心吃吧！"

"请等等。"我咽下唾液说。

"怎么啦？"

"我分内的五个中，能否留两个别打开？"

"……为啥？"

"带两个给小战。"

大伙儿的话声戛然而止,只听见远处树梢边的风声。过了一会儿,早濑用十分认真的话语说:"你这家伙干吗要提起小战?"

"他也饿着呐。"

"混蛋!"突然间,早濑用撕破黑暗的声音怒吼道,"少管别人的事,吃掉自己的份儿就成。好,开吃!吃掉就好。"

一场惊人的聚餐开始了。他们用手指抠出罐头里的食物,放在手掌上吃,还发出声响。我也学着他们的做法吃起来,不知何故心中充满着恐惧,却难以克服喉咙里烧灼般的食欲。舌头发麻,无法感知味道,好像食物中是有肉有鱼的,还有年糕之类的东西。不一会儿,五只罐头很快吃净了。

"不够啊。"早濑咂着舌头说,"怎么样,还剩不少吧?"

"全当礼物,是不是留得太多啦?"一人摇着箱子说。

"那就留下五个,其他的全吃掉!就是留下也不能还给老师了。"

我不禁挺直了身子,这些竟是老师们的罐头啊。当我知道箱子里装的是罐头时,不由得想起黄昏时早濑在垃圾场说的话,但还是不曾想到自己肩上扛着的正是那些罐头。我们为什么要吃掉老师们的罐头呢?是老师给我们吃的吗?那又为什么要在这半夜三更跑到山里来吃呢?想到这儿,我急忙站了起来。

"你怎么了?"早濑仰视着我,"突然站立,胃要不舒服的。"

"这些罐头是偷的吗?"我不能不问。

"那又怎么样,偷吃不是你的拿手好戏嘛……直到现在才发现,真是头驴子啊。"

早濑笑着说,可我却浑身颤抖。

"老师们一定会发现的,会追查的,我们咋办?"

"咋办?不咋办,大不了是偷偷拿走老师的秘密食粮而已。并把它给你们这帮饿死鬼充饥了,这在日本叫作义贼,不是什么了不得的罪名。"

"可你们破库而入,还是重罪啊。"

"你们?你不也是同伙吗?"

我瞠目结舌。

"你这家伙不懂,我们可没有破库。"早濑出人意料地说,"你马上回去看看,库门锁得好好的,纹丝不动。仓库未破,只是罐头不见了。"

"可刚才库门不是打开了吗?"

251

"好像在说别人似的,那不是你这家伙打开的吗?"

"我只是……"

"你想说只是拉了一下门吧?撒谎,拉门前你不是撒过豆子吗?"

"不过,那豆子……"

"是你偷的豆子。"

他的话搅乱了我的思绪。

"真是头麻烦的驴子!"早濑说,"当时你撒的豆子有几颗滚到门槽里去了,你这个东北人该知道大豆是什么玩意儿吧?大豆是有弹性的,门的压力不会将它碾碎。老师不知道,照例关上库门,靠豆子的弹性门稍稍有些反弹,老师并未发现。库门只要有点错位,里面的门销就不会落入锁眼,其实从那时起,库门就没锁上。"

我怀着一种聆听魔术师揭秘的心情稀里糊涂地听早濑讲述。

"明天,老师入库一看,罐头消失了,而仓库却没有被破坏的痕迹,就是罐头不见了。不过,这是他们自己的秘密,不可能大张旗鼓地调查。当然,正因为物资珍贵,泄露出去不好办,反而有可能拼命寻找。无论哪种情况都别担心。万一我们被逮住了,其中有你这驴子在,结果会怎样?将他们隐匿的物资暴露出来的家伙中,竟有校长照顾的同胞国家的留学生,结果会怎样?而且,你还是主犯呢。老师们会急急忙忙地结束调查,我们最终不会暴露。你这家伙今夜可是贵宾呐,所以我们会如此款待你。你们这些东北人生来就得被人最大限度地利用,老老实实地被人利用对你们有利。我们不会把事情搞砸,你迄今为止的行为校长不会知道,我们也不会暴露。再说大家还品尝到了罐头,一切都会圆满的。"

我有点作呕,对早濑说:"我回去了,胸口有点不舒服。"

我朝林子方向走了五六步,身后一个白白亮亮的东西贴着我的脑袋飞过,撞在前面的树干上,冷冰冰的声音在深深的林子中回响。

"你要独自回去就回吧,"早濑以发自内心的嘲笑口吻说,"早晨点名前不回来算你逃跑。偷窃、破坏仓库、逃跑,东北留学生万岁!"

我抱着头在白山竹上蹲了下来。

这天夜晚,我一直未合眼。早晨在井边洗脸时,有人在身后叫我,我吓了一跳回头一看,见是笑容灿烂的小战。

"这是你的吧?"他从衬衣的口袋里掏出一颗绿色的小纽扣递到我跟前,"钉绿色纽扣的只有你我两人。"

我检查了自己的衬衣,最上面的一颗纽扣不知何时不见了。

"谢谢,不知在什么地方掉落的。"

"掉在粮库前面。"小战说,我们互相对视了一下,他微笑着。

"脱下来,中午休息时帮你钉上。"

我脱下衬衣,他伸出手来,摸摸我裸露的肩胛。

"晒黑了,脱过几次皮啊?"

"三次。"我小声地说。

"三次,不过那真好,我呢,一次也没脱过,在校长先生面前真不好意思。先生不知怎样了,五郎那家伙兴许已经把我给忘了。再忍上一个礼拜吧。"

小战快乐地说着,拿走了我的衬衫。

第二天,飞田回来了。他的脸上洋溢着判若两人的生气,对我说,考试特别顺利。面对如此光彩夺目、心情快乐的飞田开诚布公地谈我的过错不大合适,所以我就对他保密了。

早濑就像什么事也没发生过似的,每天吹吹口哨度日。留着胡子的老师们也好像什么也没发现似的依旧在学生面前吹嘘着,一心一意地用取代卷尺的粗草绳丈量着工程的进度,完全不见任何异常。

又过了一周,我们的施工完成了。

我心中印着不曾想到的污点,间隔四个月,再次回到了兵藤家。我们的生活又恢复到以往的样子,要说和以前稍有不同的地点,那就是我和五郎的关系,我们之间悄悄建立起了一种新的关系。

沼泽边的记忆渐行渐远,从兵藤家的生活看,沼泽地边的生活宛如梦中之事。终于,那天晚上的事件也像一场噩梦那样可以忘却了,可是,对此执着干扰的竟是五郎。

从沼泽地回来后,五郎的态度的确改变了。它不再像以前那样对着我狂吠,而是以探寻的眼光,围着我东闻西嗅,站定后歪着脑袋。我只要稍露敌意,它就发出低低的噤叫声,翘起低垂的嘴唇,露出它的大牙,然后鼻子朝天长时间地吼叫。那模样既像是在向老天倾诉,也像在谴责我的内心,另外还有向屋内警示的意思。每次听到五郎长时间摇晃着尾巴吼叫时,总会让我想起自己心里的芥蒂,因不祥之兆而恐惧。

我不认为五郎与自己无缘,总觉得它能够嗅到我的秘密气息,企图撕破我的胸膛将之暴露在光天化日之下。我一看到五郎,就会感到一阵紧张。不过,考虑到五郎智能的极限,才稍稍感到有所安慰。嗅觉再灵光的狗也不可能把它闻到的气味告诉人类吧。

十月中旬,飞田等人被录取的通知来了。

出发前四五天,下午放学后飞田对我说,很快就要告别了,有些话想对你说,明天我就不来学校了,现在你能跟我去一个地方吗?我答应了。

我们搭上从市区开往港口的巴士,半小时后在通往港区前的桥边下了车。巴士驶离后,我闻到大海的味道。我们顺着河边的小路往上游方向走了一段,飞田站住了说:"把帽子揉圆了塞到口袋里。"

又走了一会儿来到一条宽阔的马路上,马路两侧排列着十多栋古色古香的房子。宽马路的中间是小河,河两岸的柳树枝条垂到河面上。马路在午后阳光的照射下显得格外明亮,然而没有人住的房子却像深夜那样寂静无声。

飞田走进一条小巷出口处的小店,不一会儿,抱着两个纸袋跑了出来,我俩一起走在街面房屋的檐下。

马路对面一幢小房子前的河边,有一位缠着白色袖章的士兵倚着自行车站着,他的脚边有一位穿着裙裤的女人蹲在河边洗脸。飞田突然停下脚步,"咦,是宪兵啊……不对,是公共兵。"他自问自答,接着又开始走。我们靠近时,士兵向女人敬了个礼,蹬着自行车缓缓过了河上的土桥。女人单手握着柳枝,目送着士兵离去。

飞田在背后冲着女人"喂"地叫了一声,女人回过头来应道,"是你呀!"

飞田腼腆地笑着:"刚才那位是上等兵吧?"

女人什么也不懂:"那位上等兵最近要调防出征了,最终总会'天皇万岁'的吧。"说着,一下子扯下柳叶,晃着肩跑进了玄关。

"士兵赴死,天经地义。"

飞田自言自语地说着,催促我跟着女人也进了玄关。他绷着脸脱下鞋,换上拖鞋在走廊上走了几步。里面走出一位身穿红色和服的女子,冲飞田一笑,还像小孩那样耸了耸肩。她轻轻拍了一下飞田的背脊,光彩夺目地仰视着他。和女子站在一起时,飞田更像个孩子,他往女子手里塞进一只纸袋,转过头,气喘吁吁地凝望着窗外里院的池子。

我跟着飞田上了二楼,走进空荡荡的客厅,飞田拉开满是窟窿眼的凸窗隔扇说:"啊,这里看得到小河。"并向窗外眺望。我越过他的肩头瞅了瞅,从马路对面房子的间隙中只能看到一小部分河流。一位弯腰驼背的老太拿来了坐垫,我坐下后刚要点头致意,飞田轻声说:"你下去吧。"老太离去后,飞田苦笑着坐在坐垫上。

"这儿用不着那么多的礼节。"

"这是谁的家?"

"这儿嘛,谁的家也不是,这是行将死亡的人要来一次的地方,不过我已经来了三次了。"

飞田说着吐出舌头,撕开纸袋将其放在我俩之间。"这是麦芽糖馅的面包,吃吧!"

面包只供给妊娠产妇们,我已经长久没看到面包了,稀罕地瞅着。

"我不是偷的,放心地吃吧。"他扫了我一眼,"听说在沼泽地那阵子,我不在的时候,你和早濑他们搞了一次罐头。"

他邀请我的时候,我已经有了被诘问的预感。他应该从早濑处听说了这件事,却不知为何在我面前一直装作不知的样子,他的这种态度与往日大不相同,看

来其中必有原委。这时,我觉得他的话或许可以救我,于是抬起头来说:

"是的,我撒了豆子,拉开了仓库门,还扛过箱子,吃过罐头,你骂我吧!"

飞田仔细地打量着我的眼睛。

"原来你还是什么都不知道,你呀,真是个大好人!所以老是被人耍弄。你知道破库的始作俑者是谁吗?"

"是早濑吗?"

"是小战!"

……我怀疑起自己的耳朵。

"好,你认真听我讲。"飞田压低嗓音,说出令人惊讶的事实。

飞田告诉我,当时,我口袋里的豆子是在我洗澡时小战放入的。去沼泽之前,小战独占人气,而去沼泽之后,他与我的地位发生了逆转。我开始被人叫作"小张"了,他很吃醋。当飞田躺在看护室里时,轮到每周值班的小战去仓库调查粮食的余量,他在空豆瓣酱桶里发现了老师隐藏的罐头,于是教唆早濑用大豆魔术打开库门,万一败露就让我顶罪,将我诬为盗豆人……

"都是小战的点子,他知道你的软肋,拿出兵藤校长来压你。后来,听说他躲在厕所里,吃光了你们剩下的罐头。"

飞田唾沫横飞地讲得起劲,我实在难以相信这是小战的鬼主意,只要想象一下小战将豆子藏到我裤袋里的情节,我的脑袋就一片混乱,变得头晕目眩起来。

"别讲了。"我恳求飞田,同时想起了第二天早上小战朝我露出的清澈的笑容。"那天晚上的事,随它去吧,所以你不要再那么损小战了。我们同是东北人,在这儿生活的又只有我们俩。"

飞田有点不悦,他盯着我看了一会儿,然后摇摇头叹息道:

"没治了。不过,不管你信不信,我只是想把真相告诉你才对你说的。我告诉你这些其实是对朋友的背叛,可我马上就要死了,实在不忍心看你跟着那些人,被他们胡乱耍弄。好啦,就请你把它当作我的遗言来听吧。"

说完,飞田不再吱声,开始大口吞食两只手上的面包。看着他那副模样,我怎么也产生不了他行将死亡的实感,尽管如此,心中依然涌起一股悲哀之情。

"再对我说点什么吧,我还要留在日本,还得活下去。"我说。飞田闭上眼睛,咽下嘴里的面包。

"那我就顺便再讲几句。你如果不主动做些什么,在当今的日本是很难混下去的。大家都在拼命打仗,像你这家伙那样慢悠悠的,谁看了都着急。我并不是要你去学小战,但是不是可以更得要领地去做事呢?你老是抱怨校长家的狗,不过,你可以偶尔朝狗吹个口哨,可以帮校长揉揉肩,又花不了多少时间。狗和老年人嘛,你肯这样做结果就大不一样了。对于可怕的东西,不要光害怕,闭上眼主动凑上去最重要……你怕死吗?"

我思忖了一下答道:"在东北时,我极其怕死,但是来到日本后,说老实话,已经搞不清死是怎么回事了。没了头绪。"

"这是因为你身处正在打仗的日本。"飞田说,"死亡这玩意,你离它越近就越不害怕。接下去百姓会怎样,谁也不知道。要是有机会,闭上眼睛去接近它。真的不怕死了,那这世上就没有任何值得害怕的东西了。"

屋内变暗了,通过纸隔扇上的破洞,可以看到昏黄迷蒙的天空。我想自己该回去了,便端正地坐好。

"谢谢多方关照。你出发那天我再去送行。"

飞田说,且慢。他把尚未吃完的面包装进纸袋让我拿着,我按住他的手推辞,说校长家禁止带进食物。可是飞田说,你一点儿也没吃,这是我的礼物,是我最后一次请客。然后把纸袋塞进了我的裤袋。

"我说了这么多,你有什么想对我说的,请说吧。"

我们俩站在触手可及的近处目不转睛地对视着。

"你从未叫过我'驴子'。"说完,我匆忙来到走廊上,看到刚才那位身着红色和服、肤色白皙的女子,正低头站在楼梯扶手边。

走进兵藤家,我沿着正房边并排的栗树走到井边。

五郎躺在井边的柿子树下,一看到我就霍地站起来,摆好架势。我习惯性地紧张起来,忽然想起飞田的话,吹起了口哨。口哨声比想象中响亮,五郎首次听到,一瞬间歪着头抖动着耳朵,还露出询问的眼神,在犹豫是否要摇动尾巴。不过在犹豫之间,它好像忘记了朝天吼叫。我走近井边时,它的鼻尖冲地面朝下,瞪着惺忪的小眼睛,缓缓挪开它那巨大的身躯给我让了道。它缺少了凶悍的模样,使我安下心来放松了警惕。

我拉起吊水桶漱口,用手捧着井水洗了脸和手,然后伸出浸湿的手指到裤袋里试图钩出手巾。一只小纸包与手巾一起蹦出来掉在地上,我已经忘了,那是回来时飞田塞给我的吃剩的面包。我想,糟糕!发现后正要捡起时,身后传来了五郎的哼哼声,再一看,五郎把鼻子贴在地面上,朝我笔直快速地跑来。我屏住呼吸,不由缩回了手,低头一看,只见五郎黑色的背部轻松地越过我脚边井台的洗物处。

五郎跳下井台,从对面回过头来。我啊地叫了一声,紧盯着它的嘴巴。五郎把纸袋吐到地上,朝我瞪着眼,仔细地嗅着纸袋的气味。我慌忙围着水井边走边说:"五郎,还给我吧,那只是面包。"

五郎却又叼起纸袋朝我小心翼翼、慢慢地走来,我一停下,它也止步将纸袋吐到地上。

"五郎,想吃的话赶紧吃了它。"我焦急地说。五郎打了个大哈欠,然后又温柔地叼起纸袋,以典型的跑步姿势,慢慢地朝里院跑去,消失在院子的栅栏门后。一时间,我不知所措地呆立在那儿。

里院传来谣曲的吟唱声,是小战在院里的茶室练唱。他从沼泽回来后开始跟着兵藤先生学唱谣曲。我侧耳倾听,确认里院只有小战一人在唱,便松了口气。兵藤可能不在家,这样我晚回家兴许就可幸免遭他呵斥了。

我若无其事地悄悄走到栅栏门边,正要进去,立刻发现装有面包的纸袋落在万年青的后面。我很意处，心里纳闷：五郎为什么不吃而将它扔掉呢？于是赶紧将纸袋捡起，这时，五郎在走廊那边叫了起来。我一看，只见它在走廊脱鞋石上冲着我叫，而五郎身后的兵藤先生就像隐藏在那儿似的正蹲着看着我，让我没有隐匿纸袋的时间。

兵藤站起来向我招手，我走到廊边，他默默地在我跟前伸出手掌。我绝望了，把沾有五郎唾液的湿湿的纸袋给他。兵藤瞅了瞅里面，微微一笑，把面包全部倒在地上。随后眼睛忽然停留在纸袋上，小声念起印在上面的文字来。

"港町新地柳堀蛇目屋。港町新地……"

他停下来，脸色发白地盯着我，在我鼻子跟前摇晃着纸袋说："你竟然跑到这种地方去了！有人看到你和飞田一起乘上去港町的巴士。"

他的声音颤抖着。我想，是小战看到的，现在撒谎也无济于事了。

"蠢货！"随着话音，他那只枯瘦的巴掌狠狠地落在我的脸颊上。然后，用颤抖的手指撕开纸袋，声音比刚才更加震颤，反反复复地说：

"目不忍睹啊，谁看到都丢人呐。"

不等我回答,他再次骂道:"你这个混蛋!"他把撕烂的纸袋朝我脸上一扔,粗暴地大步走向里屋。

五郎在地上的面包边坐下,好像生怕我会去捡起似的守护着,想到五郎那无尽的鬼点子我感到不寒而栗,同时一种不知何时会被它毁灭的不安使我内心变得一片漆黑。就在这时,我明确产生了要置它于死地的念头。

我想:一定要把五郎从生活中清除出去,在自己毁灭之前得先杀了它。

飞田出征了,我却没能见到他最后离去的身影。由于不知不觉中犯下的过错,我正被关在土仓里。

我从兵藤的怒斥声中首次知道那条成排柳树的寂静马路原来是个妓馆区,我虽然隐隐约约地知道妓馆做的是何种生意,但那儿和自己国家的妓院大不相同,也没想到飞田会是那儿的客人。兵藤说,涉足那种地方本身就是重大错误,这样我就会玷污留学生的名声,背叛兵藤先生的好意,所以不允许我做任何解释。

从装有铁丝网的窗口传来了载有飞田他们的火车的汽笛声,我背朝窗户小声喊道:"飞田万岁!"

之后,开始下雪了。

今年是一九四五年,我十九岁了。

刚到正月,我们便早早地放弃了迄今为止时断时续的学业。敌军在镇子海岸登陆的可能性增大了,整个城镇必须进行迎敌的射击训练,我们整天沉溺于杀人的练习。每天早上,兵藤手持木刀热心地教授如何打死敌人。去学校就能看到操场上立着许多稻草人,拿着竹枪准备冲锋。但是那些整天充满腾腾杀气的日子对我而言,可以说反而是比较好过的。这是因为人人被眼前的敌人吸引,似乎忘了对我进行指责,从而使我的心灵得以休憩。

三月,东京遭遇轰炸以后,这个城镇用于警戒警报的警笛声不断,我们按地区分别组织起防火班,安排在附近的主要建筑中。我和早濑、小战一起被安排在中央广场一角的警察署里,警笛一响,我们扔下木刀就跑。

警署里设有把军部指令与海岸监视哨交换信息的电话联络所,有位名叫阿关的年轻女接线员接电话时声音很尖。此外还有少数几名老警官,警笛一响,他们就分散到各处要地,只留下署长一人。敌人总也不来,署长无所事事,便津津有味地向我们讲述他以前办过的案子。警笛声一时间成了我们开始娱乐的信号。

五月中旬,城镇受到舰载机的突袭,大都在当天的黎明至白天呈波状多次轰炸。每次突然来袭时,我们都放弃了所有的防备,一起逃进防空洞。在洞里听到巨响,是我第一次听到的战争的声响。第一天,敌机袭击了工厂和港口,市区毫发未损,翌日——这一天终于来了。

那天,天空一碧如洗。车站和大桥挨了炸,防空洞里听到的爆炸声响多了,支撑地面的原木立柱发出可怕的嘎吱嘎吱的声响。当敌机飞走后,署长让我们排列在防空洞前开始训话。

——若是敌人再来,就要轮到市区了。我们都想战斗,可遗憾的是没有武器。大家要做好市区挨打的准备,但那时最令人担心的就是电话联络所,接线员在空袭中,不到最危险的时刻是不能放弃岗位的。不过,今天的事态已相当危险,所以我要在你们当中选两名护卫,以备万一之时帮助接线员逃脱。并非奔赴遥远的战场才是忠义,如今这个城区就是战场!——署长说完后又问:"有没有志愿者啊?"

这时,我觉得有谁在背后推了我一下,便向前跨出一步,反射性地叫道:"四年级,张永春!"这一行动完全不是出于我的意志,当我听到自己的声音在广场四周呈ㄈ形的建筑墙壁上形成的回音时,才首次领悟到这一行为的意义。然后,心口怦怦直跳起来。

署长凝视着我的脸,颤抖着嘴唇想说些什么,可什么也没说,只是眨了眨眼睛。这时另一双靴子发出的声音响亮地在我身旁的地面上响起,一个沙哑而熟悉的声音报出了早濑的名字。

署长向我和早濑再次重复了训话的内容。

"接线联络员现在仅有关君一人,十分重要,拜托你们了。"说着,他看了看我的名牌,又眨了眨眼。

"是张君呐,你就是兵藤校长家的东北人吧,你的志愿很好,我会告诉先生的。好好干!"

我举手敬礼,早濑的肘部使劲顶了我一下,我打一趔趄,随后我们俩朝警署的大门口走去。

建筑物里很暗,看不清脚下。电话联络所就在门厅正上方,楼梯在大门左手边,刚登上楼梯,早濑就从后面抓住我的双臂说:

"等等。你这家伙,回去吧!"

我默默地俯视着他,他那令人害怕的险恶的目光射向我那尚未适应黑暗的眼睛。

"我要你回去!"他猛烈地摇晃着我的胳膊。"回去对署长说你头晕得厉害,然后再找个替换你的人。"

我沉默着瞪大了眼睛。

"甭多管闲事,今天轮不到你这家伙来出风头,这可不是什么逢迎讨好的事儿。还来得及,快点!"

我摇摇头。

"我是志愿的,比谁都早。"

"你这家伙,"早濑咬牙切齿地挤出话来,"做这种非同寻常的举动,想让大伙儿大吃一惊吧。你这次抢先,大错特错啦!"

广场上传来号令声,紧接着又响起队伍移动的脚步声。脚步声凌乱且渐渐远去,早濑咋了咋舌,甩开似的放开了我的胳膊,撂下一句:"随你去吧,你这家伙死掉,我也不管。"

我们沉默着上了黑漆漆的吱呀吱呀作响的楼梯。

走进房间,早濑通报了我俩的名字和来意,阿关取下耳机耸耸肩,扑哧一笑。

"是署长吩咐的吧?"她的话声明朗且有弹性,"我推辞过了,一个人没问题的,今天嘛……"

"今天不同。"早濑有力的声音打断了她,"署长关照的,我们是志愿来的。"

阿关瞪圆了眼,再次耸了耸肩。

"是嘛。其实对我来说,每一天都一样。不过既然特地来了,今天你们就待在这儿吧。不过待在这儿也没事可做。"

我俩在靠墙壁的长凳上坐下,屋子里像暖房一样明亮、闷热。房间的三面是墙,朝广场的一面从高高的栏杆到阳台间的移门几乎是用玻璃做成的,白昼强烈的阳光透过玻璃洒满整间屋子。

阿关身穿碎白点花纹的衣服,背对玻璃门,面朝放在屋子中间拼起来的桌子上的通信器械而坐。器械旁边有一只插着菖蒲的花瓶。阿关不时摆弄器械,对着话筒"喂、喂"地招呼,快速进行短促的对话,完后准会用手指摇摇菖蒲花,眯起眼睛凝视。

好像没有任何信息传来,我们默默地等候着。

过了一阵,我觉得自己的身体微微颤抖起来,我用双手按住膝头,随后发现颤抖并非来自自身。原来是早濑不断哆嗦的腿通过椅子传来的抖动,于是我的屁股有些痒痒,忽然产生了尿意。我紧紧地盘起双脚,侧眼斜视着像中风似的不停抖动着的早濑的膝盖,这时我看到一只鞋的鞋带松了,垂荡在地板上。我告诉早濑,他咋了咋舌,粗暴地系上鞋带,然后用拳头敲敲我的膝盖,小声斥责:"成何体统,别把脚盘起来。"

"我想撒尿。"我说。

"马上就要死的家伙,忍着点!"他咧嘴一笑。

我心中嘀咕:我可不愿憋着尿去死。为了分散注意力,我站起身来,透过玻璃门看到白色广场的尽头。并排的叶樱树下以黄色草席伪装的消防车在缓缓地移动,一个个小小的人影聚集在车的周围推车,恰似一群蚂蚁在拖拉一只青虫。

小战大概也在那些蚁群中吧。我有点想与他见上一面,见面后对他说上句托付的话,可是,现在我们俩之间隔着一层薄薄的玻璃,处在两个完全不同的世界。我觉得此生恐怕不会再活着与他相遇了,奇怪的是,我既没有死亡的不安,也没有恐惧,甚至不去想象接下来会发生什么事情。我把视线转移到一碧如洗的晴空,再次在心中默念:我可不愿憋着尿去死……

第一个信息来了。海上监视船报告说东方洋面上发现敌机动部队的船队,房间里回响着阿关朝话筒连呼"情报、情报"的叫声。早濑忽地起身,毫无顾忌地走到桌边,从饮料水的铅桶里接连舀了三杯水站着一饮而尽。看到他喝水,我的尿意更甚,得赶紧去才行,于是朝门口走去。早濑跑过来抓住我的肩头。

"你这家伙,想溜啊?"

"去小便!"

"那我也去。"

说完他先我一步跑出房间,我们跑到走廊上,蹿进楼下的厕所,可谁也撒不出尿来。一种莫名的颤抖从脚下一下子涌上来。早濑朝窗外啐了一口。

"看那女接线员的样子真是在最大限度的坚持,撤退的命令由我来下,你按照我的命令行动,她如果磨磨蹭蹭的,你就把她扛出去!"

我点点头,他一边的脸颊强露出笑容。

"事到如今已别无他法了。喂,驴子,我会帮你的,在沼泽地时我请你帮过我。"

这时,远处传来打雷般的轰隆隆的声响,我们对视了一下。窗外万里晴空的尽头先传来一声,接着是连续不断的轰隆声,震动了肮脏的窗玻璃。

"来了!"我说。

"来了!"早濑也叫喊着,一闪身跑了出去。

最初的爆炸声在迟到的警笛声结束前就越过我们头顶,掠过建筑物的屋顶传来。此时,城区上空充斥着震耳欲聋的爆炸声和无数黑色的敌机。

早濑蹲在桌子底下望着窗外的天空,嘴里念着咒语,声音很轻。在我听来,就像是在说"当心呐,当心呐",咒语像小虫的鸣叫响个不停。一个特别大的机体出现在右边的天空中,紧接着,前方的闪光令人目眩,爆炸声震耳欲聋。面朝广场的玻璃窗一齐崩碎,碎玻璃片和疾风刮到我们的头上,不知何时起,早濑已将他的双手抓住了我的胳膊。

"瞭望塔没了,瞭望塔没了!"

他摇着我的胳膊,我将视线投向广场,定睛一看,刚才还在前面并排的房子上的巨大的钢筋水泥瞭望塔就像被抹掉了似的消失了,在其根部一团圆圆的黑烟蠕动着升腾而起。就这样,又传来几声巨响,接着,我看到三架敌机的黑影贴着对面楼房的屋顶飞来。眼瞅着它们变大,掠着黑烟直冲向我们,我大喊一声:"敌机!"早濑不吱声地将我推倒,伏在我的大腿上,突然间,四下里到处是杂物的碰撞声,一股杀气隐隐约约地冲到我的脸上。

声音消失后,天花板上降下无数的尘埃,在阳光的照射下,仿佛是浓雾在流动。头顶白色的顶棚上塌下几块圆墙灰,灰尘从那儿无尽地洒落下来,白色的枝形吊灯在摇晃,有几根插销断裂了,吊灯倒向一侧,走廊的墙壁也掉落不少泥灰,变成斑斑驳驳的样子。

器械发出声响,我们听到阿关的声音。

"我们挨炸了,但没有异常,可以继续完成任务。"

就像被这声音惊醒一样,早濑在我肚子上抬起头来。"咱们被铆上了。"他小声嘀咕,然后抬起头朝阿关那边看去,"我们被盯上了,敌人知道这个情报室啊?"

阿关明亮的眼睛向下瞥了早濑一眼。

"不会……敌机只是在袭击重要的建筑物。"

"不对,它就是冲着咱们来的。"

"冲着咱们不好吗?我们早就有思想准备了。"

阿关高声快速地说。早濑再次把脑袋伏在我的肚子上,翻眼瞅着我,小声自言自语地说:"要不得,白白地,在这种地方送死……"

又有信息传来,再有百架敌机来袭。我想站起来,可早濑的下颌使劲压住我的腹部。

"别起来,好好听听,附近有地方着火了!"

除了爆炸声及地动山摇的声响之外什么也听不见,早濑哆嗦着嘴唇说:"烧起来了,我听到了,噼噼啪啪、噼噼啪啪的……"

不知他哪一边的耳朵不对劲了。早濑总算摇摇晃晃地站起来,怒吼道。

"快逃出去!"

冷不防,地面剧烈的震动使建筑物左右摇晃起来,我看到吊灯突然脱离天花板掉在蹲在地上的早濑头上,吊灯击中他的脑袋碎了。当时,他一时无法反应过来发生了什么,像陀螺一样呈匍匐状在地板上手忙脚乱地乱爬,直到撞上板壁,就倚在那儿了。他张着嘴,瞪着眼,怯生生地东张西望,他的额头和鼻梁上有道细细的血痕。

"早濑,你脸上有血……"

听我这么说,他立刻用双手捂住脸,但是他的手在地上乱爬时已被无数玻璃碎片划破,正在冒血。他把手掌放在脸前,"哎"地叫了一声。于是,他的整张脸除了鼻梁全让血给涂满了。

"逃出去,快逃出去!"早濑边嚷边朝门边摇摇晃晃地冲过去,打开房门后回过头来说:"不行了,快命令联络员,撤退!"

阿关没有应答,早濑不再等待,他连看都不看我一眼,径直消失在门后,我还听到他跌跌撞撞的下楼声。

"你也快走!"阿关那好似责骂的话语声使我一下子清醒了,如若不是她后边的几句话,或许我也就跟着早濑下楼去了。阿关突然用手使劲将垂在脸上的头发甩起,说道。

"去给署长说,阿关要死在这儿!"

听她这么一说,我总算想起了自己的任务,然后大声叫嚷:"你也一起走!"

"不,我有任务!"

"我也在执行任务!"

阿关焦急地用拳头用力敲击桌子。

"那个人不是回去了吗?你的任务也完成了,请你回去,别妨碍我!"

"我不会一个人回去,我和早濑不一样!"

我的意思是想说自己只是早濑的部下,可阿关的眼睛向上一挑。

"是啊,你作为中国人是不懂的。日本女人是不怕死的!"

我觉得阿关处在兴奋状态中,反正得设法把她扛出去。我走近她身边想接触她,但她尖叫着,用胳膊像鞭子那样在我的鼻子跟前抽动。

突然间,广场上空爆炸声响起,阿关背上像是挨了一下,突然回过头去,冷不防地以惊人的力气推搡我的肩胛,我一屁股坐倒在地板上。倒地时我听到厚鞋垫乱打的声音,一瞬间变暗的视界一端,看到菖蒲花飞散到空中,那宛如焰火般耀眼的亮光一时停留在我的眼底。

……眼前有水滴滴落,而且连续不断。眼前的黑点眼瞅着膨胀成水银珠,落到我的太阳穴上。我在地板上匍匐,脸颊贴在地上,向水滴滴落处望去。在伸手可及的地方居然有黑黑的天花板,这才明白自己是在桌子底下,水滴是从靠我很近的桌缝处落下来的。

环视四周,我看到左手前方坐在椅子上的阿关的下半身,一个白色的梳子掉在她紧紧套着帆布鞋的脚边。我想,这准是阿关。我愣愣地看着,觉得自己必须从桌子底下爬出来,于是就挪动身子,不经意地从双膝分开的空当处仰视到阿关的脸,并冷不防碰到了她的视线。

她靠在椅背上,垂着头,瞪着眼直视着我。她严厉的目光使我习惯性地觉得是在指责我,于是急忙想爬出来。身体换了个角度,看到她坐的椅子脚之间垂荡着的耳机正在左右摇摆,并滴溜溜地自转。我感到很奇怪,便再次仰视阿关的脸。当我发现自己的位置变化后她的视线依然停留在原处时,就感到情况不妙,于是大声叫喊:"阿关!"

我急急忙忙地从桌下爬出来,想摇醒她,又犹豫是否应触及她的身体,就怕她的胳膊冷不防像鞭子一样飞到我的跟前。她的头发上满是玻璃碎末,看上去亮晶晶的。然而,她细细的后颈项被什么东西濡湿了,发出另类的光彩。湿湿的头发粘在背脊上,濡湿了碎花点的衣服,从颈项到肩部已经发黑了。这种可怕的黑色生动地遮蔽了碎花纹的白点,扩展到整个背部。看到这一切,我仿佛突然被当头泼了桶凉水似的感到恐怖向后退了几步。

这时,器械上的红灯突然亮了,红灯亮时,蜂鸣器一定会叫,但这时却没叫。红灯无声地一亮一灭,不停地传来信号,阿关惨白的额头上印着红光,看着她不再接线,我的心中越来越感到她已经死亡的沉重。我顺着墙根一点点向门边挪动,面朝阿关的灵魂默默地说:

"我不是对你说了吗,一起逃出去。这不怪我,不怪我呀。"

我跑出房间,滑下黑漆漆的楼梯,从大门口奔到外面。

大门口的石梯上,有个人倒地伏卧着,我勇猛地从他身上一跃而过,跳过时瞥见那男子黑黢黢的侧脸,心想他就是早濑。

他在石梯上头朝大门口方向倒卧,黑黢黢的不光是他的脸,脑袋、上衣的后背、裤子的一条腿部也都是黑乎乎脏兮兮的。另一条腿上的绑腿布一直散到脚腕处,直挺挺地冲着广场方向。脚尖处再往前的部分,有几条黑线在水泥地上曲曲弯弯地延伸着。早濑似乎还想爬向大门,在石梯上竖起手指浑身颤抖。

我看清这一切后,立即用双手抱起早濑的身体。手上有一种湿滑的触感很难使上劲,可还是硬把他拖到大门的房檐下,让他倚靠在水泥的门柱上,用双膝挟住他的上半身。早濑忽然睁大眼睛,抬起头无力地用手支着脑袋,摇曳的视线好不容易才捕捉到我的脸庞。

"是我,是小张。"

早濑瞪大眼睛再次确认,嘴唇哆嗦着。我脱下战斗帽,为他擦去了堵在唇边的褐色泡沫。他用很小的声音说:"帮我看看,伤在哪儿。"

我揭起他胸口沾满黑色污垢的上衣,只见那里是叫人眩晕的大量鲜血,血液使他身体的一侧布满小泡泡,分不清内衣和肌肤。腹部凹陷处聚集的大量血液浸泡着下坠的裤腰带滴落到地下。

"看不到伤口在哪儿。"

我好歹决意这样说道,他用反驳的眼神盯着我,十分轻声但清晰地说:"把你的止血药全给我!"

我们把取自树木果实、棉花般的称之为止血的药物装在每人都有的急救袋里随身携带。

"哦,好啊,止血药和血液,要什么我给什么。"

听我这么说,早濑的脸抽搐了一下。

"你这家伙的血,我可不要。"

随后,他的眼睛一亮,抚弄着我的上衣,意外有力地依靠到我的身上。

"你的伤,我要瞧瞧,让我看!"

"伤?"我一时间不知所措,为了让他放心,我拍拍他的背说,"没关系,我没事儿。"

"没事?"他露出沾有血迹的牙齿,气喘吁吁地说,"你说没事?别胡说,我被搞成这样,你这家伙倒没事。这怎么可能呢?真见鬼!"

我上衣的一个纽扣飞落。他的手顺着上衣的边缘下滑到自己腹部的积血处,我感到他的意识开始渐渐错乱,便将一下子失去了力气的他的身子往上掂了掂。

"到防空洞去,把大伙的止血药合在一起涂在你肚子上,再坚持一下!"

头顶上仍然盘踞着高高低低的爆炸声,我想一口气冲过广场,途中又害怕他掉落,就用他的绑腿布胸对胸地绑住我俩。我在他的腹部放上我的止血药棉,不过,那就像扔向篝火的雪球,一下就融化消失了。接着我用双手抱起他,越过屋檐仰望天空。天上由于黑烟显得很混浊,但阳光依旧强烈,广场上仿佛尽是下过暴雨后发出白色亮光的泡沫。

"我要冲过去,要是中途摔倒只能自认倒霉。"

我贴近他的耳边说。随后离开庇荫处,踢开晶亮的飞沫拼命奔跑起来。

……赶到防空洞时,由于疲劳和心安我的双膝不停地哆嗦,好不容易进入洞内的阶梯,我踢着门就嚷道:"开门,我是张永春,快开门!"

可是,洞门纹丝不动,我再踢。

"开门呀,没有人吗?早濑被炸伤了!"

于是,门一下子打开了,因躲闪不及,沉重的洞门着实撞上了早濑的头部。我一阵晕眩,门背后有人发声:"别磨磨蹭蹭的,快进来!"

防空洞里一片黑暗,洞顶有一只电灯泡,看上去活像一只熟透的柿子,我朝灯下一大群人的中间踉踉跄跄地走去。

有人搬来一张长椅子放在灯下,我把早濑放下,署长从对面抱住了从我身上软弱无力地滑落的早濑的肩胛。

"嗨,你呀,要挺住,伤不重的。"署长这么一说,四周响起一阵"伤不重"的有气无力的声音。他们连早濑的伤口都未看到,就跟着附和,我忍不住了。

"大伙儿快把止血药拿出来,需要很多、很多。"

他们注视着我,却没有一人动弹。

"你要大家的止血药干吗?"署长愠怒地问。

我说明情况后,他这才撩开早濑的胸口,察看了早濑的腹部后,连连发出"呀"声。然后粗暴地用手指扒开早濑合上的眼皮,摇着他的头叫道:"挺住,日本灵魂你忘了吗?看我的眼睛!"

然而,此时的早濑正试图看着无限遥远的苍天,他的脑袋缓缓地歪向一侧,然后停止不动。早濑死了。

早濑一死,洞里的人们异样地活跃起来,大伙儿显得很兴奋。刚才还远远围着长椅子的那些人把我推开,聚到尸体边连连呼唤他的名字。

"走好!"有这样的声音传来。

"可惜了一个好家伙。"

"畜生!"

"得让你们瞧瞧厉害。"

大伙儿簇拥着,怒不可遏地发誓要报复。一阵激动退去后,有人拿出一个止血药棉的纸包扔向早濑的尸体,那是小战,我在灯泡下看到了他那沉痛的表情。

大伙人学着小战,也接连不断地把自己的止血纸包扔向尸体。眼瞅着尸体就快变成雪人的模样了,接着,不知从哪儿传来的抽泣声蔓延开来,他们低垂着头不停地哭泣着。

忽然,署长叫了我的名字。

"关君呢?她怎么啦?"

一时间,我在犹豫该怎么回答。

"怎么啦?关君她怎么啦?"

"阿关在情报室里。"我答。

"在情报室里?一个人吗?为什么不一起逃出来?"

"阿关她死了。"

大伙儿一齐停止了哭泣。"死了。"署长自言自语地重复着,不停地眨着眼睛说,"你给我站到前面来!"我拨开人群站到前面,他从头到脚仔仔细细地打量着我,然后问道:

"你看到关君死了吗?"

"是,看见了。"

"她被炸伤了哪儿?"

我没有时间看她的伤处,所以无法回答署长的问题。他用奇怪的口吻重复同样的提问。

"不知道,我看到的时候,阿关已经坐在椅子上死了。"

"死了?……那么说,你是在她死后才看到的?"

"对。"

"那之前你在哪里?"

我一下子难以理解他提问的含义,不知所措地沉默着。

"早濑君战死了,关君战死了,只有你毫发未损,莫不是……"

署长说着,目不转睛地盯着我的脸。四下里一片不可思议的沉寂,好一阵子,人群中发出"这家伙"的低低的话声。我朝发声者的方向看去,而别的方向又传来了同样的声音。我环视这群又红又黑重重围困着自己的同学,感到极其惊愕。他们在蔑视我,用外眼角在小瞧我,这么多双冒火的眼睛如此正面地盯着我还是首次,光这一点就够叫我吃惊了。更奇怪的是,我看他们的每一双眼都极像五郎的眼睛,我感到自己被所有的人怀疑,然而,由于过度的惊讶我竟发不出声来。

警报声比平时显得小些了,防空洞里就像解除了魔咒一般开始热闹起来。署长对我说需要听取我的详细报告,让我待会儿到署长室去一下。随后我再次被大伙儿推开,早濑的尸体被他们挪到担架上,大家对我十分不悦,甚至不允许我一起去抬担架。早濑的尸体由几十位同学守护,摇摇晃晃地抬向外面白灿灿的广场。

我的报告几乎自始至终是在署长的盘问中进行的。他就像在审讯一个杀人犯那样严密地质问着,特别是我在情报室桌子底下回过神来前后的情况,竟反反复复地问了十几次。

"明白了。"盘问全部结束后署长从椅背上挺起身来,"总之,算你运气好,其实大家怀疑你是否中途逃跑了,逃到某个地方躲起来,眼睁睁地看着我们的两位同胞被炸死。我相信你是为了名誉而做出行动的,今后你必须相当谨慎地行事,别做出格的事!"

我默默地低下了头。

署长把大家集中到会场,说明了我的行动,"我们现在是在战斗,就如相信这场战争一样,我们必须相信参战者的话。"这是署长最后说的话,看来大伙儿有些理解了。但是,他们像五郎那般的眼神依然如故,而且,他们几乎不跟我说话,我只能默默承受自己献身后产生的比失败还要糟糕的恶果,一筹莫展。

我觉得要消除大家眼中的五郎般的眼神大概只有一个办法,那就是再次充当志愿者去死,然而,即便有第二次机会,或许我也不再会主动要求了。我并不是害怕重犯同样愚蠢的错误,而是害怕死亡本身。

我反复回想空袭时的情景,变换各种不同的角度想象我们三人的立场,突然觉得包裹着死亡的迷雾迅速散去。倘若当时我和早濑一起逃出去的话,倘若当时阿关不将我推开的话——我为瞬间的恐惧而栗然。可怕的是阿关恐怕连眨眼睛的工夫也没有,就在我头晕目眩的一瞬间,目睹了以本来面目回归的死亡。要是那样,我除了那活生生的死亡之外,哪怕再瞅一眼樱叶也不可能了。

我在死神和五郎眼神的笼罩下毫无生存意念地度日,暗暗做起了逃离日本的美梦。我在已经放弃学习天天参加战斗的当下,感到既害怕死亡又无法理解樱叶的留学生活已经毫无意义了。我希望回国,我思念故乡。这时,故乡成了残留的唯一的乐园,激起了我的归心。我的望乡之情日甚一日,只要一看到路边的向日葵花,就会想起小时候边嗑葵花子边玩耍的情景,难以压抑不断涌起的思乡之情。兵藤先生认为我和小战只是出于儿女情长的理由禁不住思念故乡,然而对我而言,正是这种儿女情长才是自己唯一的生存价值。

六月末,出梅了,我出乎意料地邂逅了故乡的熟客——在大街上看到了二胡。由于下雨而跑到商店的檐下去躲雨时,无意之中朝玻璃橱窗里一看,发现里面净是口琴和乐谱架。在橱窗的角落里,有一支满是灰尘的二胡横放着,我一阵激动,最终还是稀里糊涂地走进去,指着二胡让老板取出来。老板说,那是疏散者遗忘丢弃的东西,提开了个极其便宜的价格,我鬼使神差地买下二胡,然后兴奋地奔向雨中。

我意识到自己买下了惹麻烦的东西是在沿着兵藤家黑色板壁行走时。我站住了,在思念家乡也被禁止的兵藤家,是很难带进去的,若设法背着他们巧妙地带进去,也有被小战发现之虞。我想返回乐器店,却又再次站定。已经我不能舍弃的东西。就这样反复了两三次,最后想到可以先将它藏匿在院内的草丛中,以后有机会再拿出来,到高台地的古城遗迹的石墙背后去拉拉。

我把二胡藏在背后,来到正房后面并排的最靠里的一棵栗树边,防备着五郎。幸好乐器店的老板用油纸帮我包好了二胡,我把它塞进栗树粗枝的裂缝中,然后赶紧离开……

次日早晨,天空一碧如洗,早饭后,我们来到院子里练习停了好久的每天必练的武功。这时传来一阵远雷声似的轰鸣,亮晶晶的一点拖着一道白色的尾巴划过天空,在我们的头顶上撒下了银粉似的传单。传单在晨风吹拂下在城镇上空蔓延开来,兵藤用木刀尖指着飞去的敌机威吓道。

"混蛋,没用的,撒再多的传单,我们也岿然不动!"

随后,他冲着我们嚷嚷:"去追捡那些传单!小战从门口往南,小张从井边到外院,凡是掉在院内的传单统统捡到这儿来,烧掉,火葬!"接着他又大声叫夫人,"快准备烧火!"

传单掉落下来,我们开始奔跑,五郎和小战跑在一起。

我在外面庭院捡到三张,听到五郎在远处狂吠。最后一张挂在枫树梢上,我费了好大劲才取到它。我一再将木刀投向传单,不知投了几次,传单才离开树梢掉落下来。我一把在空中抓住它,急忙跑向里院,小战和五郎已经回来了。篝火在里院的中央燃起,他们伫立在走廊边,我把捡到的传单交给兵藤。

"有几张?"他倒剪着手问。

"四张。"

"自己拿去火葬。"

我朝篝火处走去。

"等等,顺便把这也带去。"

我回过头去,看到他手上拿着去掉了油纸的二胡。

"是刚才五郎和小战发现的。你说奇怪不?这玩意儿过去我家没有,我家也没有那种存心隐匿它的坏蛋,莫非也是刚才B29空投下来的东西?"他冷笑着,"和传单一样,好,拿过去,一起烧掉!"

我觉得全身的血气退尽,颤抖着低下头。兵藤用二胡杵了我胸口一下。

"你怎么啦?不快点篝火要灭了!"

"请原谅我。"

"让我原谅你?你是说干不了这事?"

"请原谅我。"我再次说。

兵藤勃然大怒。

"那好,我来。你看好!"

他一下子折断了二胡的拉弓,接着用膝盖顶住琴杆想折断它,但没有成功,于是气喘吁吁地叫小战。

"你来,将其折断后火葬!"

小战表情冷漠地接过二胡和拉弓,把二胡斜靠在脱鞋石上。我不禁叫道:"小战!"可他毫不犹豫地朝二胡柄的根部踹去。我听到木杆清脆的折裂声,胸口一阵疼痛,好像自己的肋骨被折断了一样。

小战捡起折成〈字形的二胡,径直向篝火边走去。

"等一下!"我不知不觉地用母语招呼小战想追上去,可是兵藤按住我的肩部喝道:"别动!"篝火处蹿起火星,二胡在火中爆裂。

我的耳中传入一阵噼噼啪啪的故乡节庆时才有的爆竹声。"哎呀。"我突然大叫一声,将按住我的兵藤往旁边一推,他一下子倒地,脚悬空乱踢,大叫"五郎!"

我直接跑向篝火边,只见小战举起双手急忙躲开。我朝火中的二胡踢了一脚,与此同时,黑烟底部一个黑乎乎的家伙在我面前一下子蹿起,向悬空的我的腿部扑来。受到猛烈的冲击,我一条腿支撑着,身体转了半圈,另一条腿落地时,一阵灼烧似的剧痛从腿肚子上直冲脑门。我想缩回那条腿,却无法动弹,同样的疼痛再次从原处传来。我呻吟着,这才发现脚边的五郎,而且,它和我的小腿紧紧相连,巨大的恐惧感使我向后仰去。

这时,耳中的一切声响随同爆竹声戛然而止,耳鼓膜仿佛已经破裂,其他声响和爆竹声一起消失了。

——在不可思议的寂静之中,我一点儿也不觉得疼痛。我俯视着五郎,不再害怕,五郎歪着脑袋咬住我的小腿,坐在地上,从它尖尖的双耳间看得到我的脚背,上面有几行血迹。于是,早就想干掉五郎的杀意在我心中陡然升腾,此刻我非把它干掉不可,这是我到日本后首次产生的坚强的意志,我等待着与此匹配的能量在体内积聚,接着我攥紧了手上的木刀。

我高高地举起木刀,使劲朝五郎劈去,先朝它的侧腹,再朝它的背脊,最后朝它的尾根部劈去。兵藤每天早晨教我们的置人于死地的方法此时起了作用,我的打击全部准确地命中了要害。

五郎咬着我的小腿,连哼都没哼一声,瞪着我的眼神随着一次次的打击变得黯淡。数次击中其尾根后,它剧烈地痉挛起来,背上的狗毛倒竖着,下颏的力气一下子衰弱了,牙齿松开了我的肌肉。我继续朝晕乎乎的五郎的脑门砍了两下,第二下砍过后,木刀从我手中滑落,正好掉在烧残的二胡上。

打破最初寂静的是木刀的掉落声,紧接着,夫人的尖叫声传来,我抬起头,兵藤的声音已经杀到。

"小张,待在那儿别动!"

他一转身,以老年人难以想象的敏捷蹿上走廊,鞋也没脱就跑进客厅,取下横木板条上满是灰尘的扎枪,夹在腋下,飞快地返回走廊。

他默默地捋了捋长枪,从远处瞄准我的胸膛。他好像并未发现扎枪顶端的枪鞘还未除去。

"过来,野蛮人!竟敢对五郎下手,我要对你这家伙下手,过来!"

我想动,但左脚无法动弹。五郎保持着咬人的姿态,执着地把它的牙齿留在我被咬破的裤洞里,沉甸甸的身躯压在我的左脚上。我用大拇指推起五郎凉凉的鼻子,抽出裤洞里的狗牙。我直接触碰五郎,这是第一次,也是最后一次。五郎的下颌落在地上,发出沉闷的声响。

然后我朝兵藤的方向走去,左脚有些发软,像是拖着一条瘸腿,或许是草屐吸进了鲜血使脚底发黏的缘故。兵藤叫我"过来",但看我往前走,他更恼怒了。

"过来吗?你这家伙,过来了,好,过来!要过来就来。"

兵藤脚踩着走廊的地板吼叫着,突然,一个趔趄,他腰一闪,脚下不听使唤,打了个趔趄。扎枪头部从我眼前飞向高处,尾部穿透两扇纸槅门,枪柄卡在细长的槅梣之间。他就像在摇船橹那样搂住枪柄,试图叉开双腿站稳,但门槛绊住了他的脚后跟,他一下仰面往后倒向客厅。扎枪脱离兵藤之手,其反作用力使扎枪划了个半圆,扎枪头贴着我的胸口飞落在外廊边。枪鞘脱落,裸露的枪尖划出一道白光。

我一时被那冰柱般的枪刃吸引盯着它看了一会儿,然后把视线转向客厅里的兵藤,他摔了个屁股蹲,气喘吁吁地瞪着我。我俩的视线一碰上,他赶紧停止喘息努力睁大眼睛。

我不清楚此刻他从我眼中看到了什么,只是看到从未见过的黯淡的表情迅速占领了他的整张脸盘。

不知为什么,他的一只手像猫一样地挠抓,另一只手则冲着我挥动。我觉得他的手势既像在招呼我,又像希望通过我去拿到那杆扎枪,因为他的眼睛在扎枪和我之间忙碌地来回。因此我握住扎枪杆从隔扇的槅梣中抽出枪柄,双手捧着走上脱鞋石板。这时,兵藤的眼球好像从眼窝里蹦出来一样,嘴里发出陌生人般的声音:

"想杀我吗?你这家伙,疯了吧。喂,小张疯了,快来制服他!我说了要制服他。"

忽然有人从一旁抱住了我的肩胛,一开始粗暴鲁莽,渐渐地松下劲来,最后就像披肩那样变得轻柔,我如愿地被对方抱着,耳边听到兵藤夫人颤抖的声音。

"小张,饶了他吧,饶了他吧,求求你,把扎枪扔了。"

这并不困难,为了丢下扎枪,我轻轻地推开了夫人。她的侧脸浮肿似的显得很大,像马上就要大哭一样变了形。我把扎枪横过来放在走廊上,她无泪无声地哭起来,朝我做了个合掌状。

我回到院子中央,篝火处还在冒烟,旁边躺着五郎的长长的尸体,它好像抱着那把木刀,二胡因一根断掉的琴弦吊着,折断处并没有飞到别处,我用手指钩住琴弦捡起二胡,发现拉弓没了。我站起来环视四周,没看到拉弓,却见到了小战。

小战倚靠在院子角落的一棵枫树干上,僵直地站立着,但一看到我的视线转向他时,冷不防直线跑向走廊,跳上脱鞋石板,宛如兵藤夫人的儿子一般一下子扑到站在庭廊边的她的怀里,夫人也像母亲一般抱住他的头。见此情景,我不禁有点晕眩。

我拎着二胡朝栅栏门处走去。穿过栅栏门再向井边慢慢走去,伤口的疼痛就在此时重新再现,最初的疼痛退去后,可以说我已经忘记了受伤的事,倒是脚底黏糊糊的鲜血叫人十分不快,所以想先去井边就是这个原因。到了井边后,我拉住吊桶的绳子待了一会儿,直到疼痛有所缓解。

伤口的出血并不像想象的那么厉害,有四处较深,还有几处较浅。我用井水哗啦哗啦地冲洗小腿肚子,忍着疼痛清洗伤口。四处伤口较深的地方不断冒出新鲜血液,所以我用缠头布将其紧紧绑住,再要站起时,又一次感到一阵晕眩。

我倚靠在柱子上闭上眼睛,全身感到难以言状的疲惫。冷汗顺着脸颊流淌下来,因为发冷,我用手掌遮住脸,脸上如同浇过水似的湿漉漉的。这才发现自己的衬衣、裤头全被汗水吸透,凉凉地紧贴在身上。我想还是得先去住处换下衣服,再给伤口上药。

从井边到我的住处,经厨房走是最近的。男人不能进出厨房是兵藤家的家训,不过,现在对我而言都无所谓了。我单脚跳着走向厨房,兵藤夫人站在黑暗的门口,刚才她一直在注视我的举动。夫人给我让出道来,极其轻声地说。

"洗过脚啦?真了不起。"

虽然不足挂齿,可是我觉得夫人还是第一次赞扬我。伤口与心跳同步疼痛,我无法在门框上坐下。这时夫人又说:"怎么样,伤口疼吗?"我不吱声。"再忍一下。待会陪你去医生处请他们治疗吧。"夫人说。

然后,她对我被五郎撕烂、浸透汗水的衣服又说了些深表关心的话。我觉得自己受到了抚慰,这种意外居然反射性地使我坚强地站起,被折断的二胡碰到我的脚发出咔啦咔啦的声响。妇人表情惊讶地看着二胡,却又哭丧似的笑着,从远处向我伸出双手。"小张,请把二胡给我。"她歪着头,就像哄孩子那样说,"坏了,拉不响了,扔了吧。"

然而,即使折断,它还是二胡。我把它抱在胸前,不让别人夺走。我打开回廊边的木板门。

"你要去哪儿?不行!不能到那儿去!"

由于夫人截然不同的语调,兵藤和小战从五郎的尸体旁一跃而起。

我走在围住庭院的回廊上,经过兵藤跟前时,他叫了我的名字。我不由得停下脚步,因为他的声音是前所未有的慈祥,他以十分温和却又显得焦急的口吻说:"小张,镇静,不要狂躁。"

当时,他的话里带着屈辱的余韵从我的脑中掠过,我激起立刻要使他明白此刻的自己是精神最正常的人的冲动,但又怕一开口说出词不达意的话,所以没有吭声。接着听到兵藤对小战的耳语。

"小战,快去对小张说点什么,说中国话也行,去说点让他神志恢复清醒的话。"

我等着小战开腔,可是他什么也没说。我打开回廊尽头处的纸槅门,突然全身无力,扶着墙壁慢慢地倒在榻榻米上。

我目睹着周边发生的各种变化,所有的一切变化均以兵藤先生式的叫嚷声的消失为契机。

意想不到的夫人的拥抱、合掌,平时颇为冲动的小战的行动、兵藤呼唤我时的异乎寻常的亲切——然而对我而言,只能把这些意外的表现看作他们对我出其不意的意志的一种暂时的迷惑,他们这种不同寻常的温和实在难以让人相信。

不过,隔了一阵子,当兵藤来到我的住处叫我时,我才知道他们的迷惑远比想象的来得深刻。他依然是那副亲热的姿态,把我带出住处,让我坐上停在大门内的人力车。虽说正是盛夏的大白天,人力车前面的车帘还是没被放下,缓缓行走在赤日炎炎的路上。

我被带到我校校医经营的医院,这位以粗暴治疗闻名的军医出身的校医,在与兵藤进行长时间的密谈后,把我带到外科病房的病床,不停地注视着我的表情,对我小腿上的伤口做了过于仔细的治疗。我对周边的变化感到奇怪是在这之后。

回到兵藤家,夫人出来迎接,并和蔼地抚摸着我的脊背。来到我的住处,见房间收拾得干干净净,我的被子被挪到壁龛边上,夫人以抚慰出门已久刚刚回家的亲人般的口吻,劝我好好休息,然后悄悄地溜出房间。

我躺在被子上,一时间沉浸在深深的疲劳之中。从面朝庭院的敞开的窗户中传来那些人喊喊喳喳搬运五郎尸体的声音,看来他们不仅没有从最初的困惑中醒悟过来,反而越陷越深。我所处的环境也随着他们的困惑正在发生着变化,这种超越理解的不自然的趋势使我感到不安,引起我对即将到来的新境遇的茫然的警惕。我决定无论发生什么,都以哑巴一样的沉默对应,自打我来到日本,沉默是最佳的自我保全术。

又过了许久,也不知道兵藤作何打算,他换上了出门穿的国民服来到我的住处。我很纳闷地抬起头,他在远处手掌向下按了几下说,"别动,别动!"在距离我两米开外的地方正襟危坐下来。

"小张,好好平静下来,听我说好吗?"他的话声十分温柔,"请你听取我的恳求。我嘛,能收留你们这些同胞国的留学生是很大的荣誉。我诚惶诚恐地对待你们……"他挺了挺身子,"是天皇陛下把你们托付给我的,所以我很光荣,我是真心感到自豪的。作为被选中的日本人在社会上很有面子,对于尽忠天皇的先祖们,我这样做是很光彩的。你……对吗?你得明白这一点,现在你不正常,我就很尴尬了。对不起上方对我的信任,我的名誉和自豪感也就给毁了。一般的毛病也就罢了,精神失常,那可真不好办。这个家里出了个疯子,是最不光彩的事,更何况你还是上方托我照顾的。你给我听好了,二胡我给你买把新的,我不骗你。对我来说,失去名誉和荣耀,比死都难受。拜托你,赶快恢复正常,好吗,求你了!"

我看到他两手撑在榻榻米上,向我深深地叩了个头。

首次目睹兵藤造访我并做出不该有的举止,我甚是惊讶,我茫然地看着他眉间的皱纹,莫非这是在梦中?但是,他呼吸时肩头在大幅摆动,而我的伤口也在跳疼,这不是梦境。

我端详着判若两人的兵藤,眼前这一位就是刚才还像上帝一样支配着我的人吗?他时时刻刻地责难我,咒骂我是大陆的呆子,胡乱嚷嚷着打我耳光,还试图用扎枪来刺我——这样的他,此刻眼中充满悲哀的神色,朝躺着的我深深地垂下了头。

我沉浸在一种奇怪而又模糊的感动之中,当这种感动之情越来越甚时,我不仅完全可以理解他说的话,也理解了他们发生变化的理由。

他们把完全正常的我误解成了疯子,我的感动其实是一种从上帝般完美无缺的他的身上找到弱点时的喜悦。具有足以使他下跪的重要性,而且目前还在我的掌控之中。一想到此,我就像真的发疯似的兴奋得难以自制,于是我浑身颤抖,双手自然而然地抱住了脑袋。

兵藤往后倒仰,眼神仓皇,他站起身,犹如烛火行将熄灭那样,从远处用手掌拍拍我的脸。可是他的那个动作,反而煽得我脸颊发热。他以一种十分可悲可叹的表情,颤颤巍巍地站起来,长叹一声,喃喃自语。

"还是……真的疯了。"

接着他无力地走出了房间。

这时我感到周围的变化会因此而固定下来,只要我不主动解开他们的误解,我的疯子身份也就确定无疑了。我失常了,变成疯子了,这相当于我的毁灭。然而,这一出人意料的变化却以一种无穷的魅力诱惑着我的心。

首先,要是我就此把疯子的角色演下去,我就可以一直掌握兵藤的最大弱点,这种窃喜使我忘记了一切。这样一来,不光是兵藤,还有夫人和小战,都会长久地对我和善、抚慰,会面带微笑容忍我的所有行为,我就会理应像过去的五郎那样获得无限的自由。我真不知道该如何去抵御这种被解放的诱惑。

从第二天起,新的生活开始了,我不知道疯子的模样,只是沉默着,无视周围的一切,随心所欲地行动,这就足够了。

对他们来说,我是以自己的意志在支配行动,哪怕只是对小事的拒绝也是异常的表现。那么,把举止自然的我当作疯子的他们又是什么呢?

过了十几天,我的伤口治愈了。于是,兵藤把我带到这里,当我知道这是精神病院的时候,十分担心发疯的状况会遭到否定。不过最终这种担心并未兑现,可不曾想到的束缚却等待着我,我在这特三号房中住了几十天,我知道自己已无法轻易走出这里,知道自己那仅有的一点点自由也完全被剥夺了。然而对于这样的变化我并不后悔,只要待在这里,我就会产生这样的幻觉:自己能像帝王一样掌控兵藤的命运。室内的墙壁上挂着刺绣,好像自己前十天的豪华生活,窗外则是编织中的回国美梦的无垠的画卷。这一切都是我豁出青春才抓到手的宝贝,有了这些东西,就足够了!无论再遇到什么,我都打算一定要把这些东西带进坟墓。

我整天坐在固定在地板上的椅子上,只要一有空,就对着窗外做回国的梦。

——要是能回到故乡,我一定要跪在父母的跟前道歉,他们给我的灵魂因我的发狂而受损。然后在故乡的大地上,我要发誓不再离开。

我已经十分热爱这个幻想中的故乡,令人不可思议的是,过去在国内不曾有过的强烈的爱国意念,此时此刻充溢着我的整个身躯。

心情一阵激动后,我把头靠在冰凉的墙壁上,拉起了二胡。我头部倚靠着的墙壁上,有这间房原先的住客留下的一块圆形的污渍。有一天,我忽然把脑袋放在那里,立刻获得了一种不可思议的安宁。就这样,不得要领的日子很快飞逝了。

与其他的疯子相比,我已经具备了与众不同的特点。